THE KISSING BOOTH

LA CASA SULLA SPIAGGIA

Beth Reekles

THE KISSING BOOTH

LA CASA SULLA SPIAGGIA

Traduzione di Aurelia Di Meo

DeA
Planeta

Titolo originale: *The Beach House: A Kissing Booth Novella*
Traduzione dall'inglese: Aurelia Di Meo
Realizzazione editoriale: studio pym / Milano

Per l'edizione italiana: © DeA Planeta Libri S.r.l. 2019
Redazione: via Inverigo 2, 20151 Milano
www.deaplanetalibri.it

1

Avevo sempre passato l'estate in riva all'oceano, nella casa sulla spiaggia della famiglia Flynn. Trascorrere lì quei mesi era un sogno.

Preparare i bagagli per la partenza, però, era un incubo. E quell'anno non era diverso dagli altri.

Quando era mia madre a farlo per me, quand'ero una bambina che non sapeva di cos'avrebbe avuto bisogno e nemmeno se ne preoccupava, era tutto più semplice. Adesso, invece, dovevo impegnarmi... Per poi perdere la pazienza ogni dieci minuti, rovesciare la valigia e ricominciare da capo.

Era mercoledì mattina tardi, la vigilia della partenza, e mio padre mi raggiunse in camera con una bibita fresca.

«Sembra che qui dentro sia scoppiata una bomba!» commentò ridendo.

«*Odio* fare i bagagli.»

«Non dimenticare di prendere il doposole.»

«Sì, okay, va bene!» Come se me lo potessi dimenticare: l'anno precedente mi ero scottata così tanto le gambe da non riuscire neppure a sedermi per due giorni.

Mio padre osservò la stanza, scosse la testa e mi abbandonò nel bel mezzo di quel delirio.

Alla fine infilai in valigia le solite cose: un sacco di costumi da bagno, infradito e cappelli di paglia, oltre a canottiere, magliette e shorts. Misi dentro anche l'abitino giallo che le mie amiche mi avevano convinto a comprare durante una sessione di shopping. *Non si sa mai*, mi dissi.

Quell'anno stavo faticando persino più del solito a preparare la valigia perché adesso avevo un ragazzo con cui avrei trascorso le vacanze. Conoscevo Noah e Lee Flynn da sempre; Lee era il mio migliore amico, ma negli ultimi mesi Noah aveva smesso di essere semplicemente il suo fratello maggiore per diventare, be'... il mio ragazzo.

Il che significava che magari saremmo usciti per un appuntamento romantico, anche perché ormai avevamo smesso di tenere segreto il nostro rapporto...

Sorrisi a quell'idea. Avevamo smesso di nasconderci! Non dovevo più mentire al mio migliore amico per non ferire i suoi sentimenti, e Noah e io eravamo ufficialmente una coppia.

La cosa mi rendeva felice, ovvio, ma mi faceva anche venire voglia di strapparmi i capelli per la frustrazione. Mettermi qualcosa di carino per uscire con Noah avrebbe cambiato le mie abitudini, impedendomi di indossare vecchi pantaloncini del pigiama e canottiere informi quando lui era nei paraggi?

Afferrai il pigiama che avevo usato senza problemi negli ultimi tempi. Non era certo il capo ideale da sfoggiare davanti al proprio fidanzato... che inoltre era il ragazzo più figo della scuola, con un sorriso incredibilmente affascinante. In ogni caso, non avevo alternative.

Sospirai e mormorai: «Chi se ne frega» prima di lanciare il pigiama in valigia.

Udii una voce alle mie spalle. «Chi se ne frega di cosa?»

«Ciao, Lee» lo salutai, senza nemmeno dovermi voltare per riconoscere il mio migliore amico da sempre, che era rimasto sulla soglia.

«Che cos'hai combinato? Hai fatto esplodere l'armadio?»

«Sì, abbiamo litigato e mi sono vendicata. Credo che voglia chiedermi il divorzio.»

Lui scoppiò a ridere e lo sentii spostare dei vestiti dal letto al pavimento. Mi girai per dirgli di stare attento a non spiegazzare nulla, ma lo vidi lanciarsi sulle coperte. «Di cosa ti stavi lamentando, un attimo fa?»

«Niente, solo...»

Inarcò un sopracciglio; dalla sua espressione intuii che sapeva benissimo di cosa si trattasse, ma che voleva sentirmelo dire comunque. «Il tuo bikini non è abbastanza succinto per mio fratello?»

Gli lanciai una camicetta. «No, non è quello.»

«E allora che succede? Oddio, no, non dirmi che devo accompagnarti a comprare della biancheria intima o cose del genere... Shelly, tutto ma non quello! Con gli assorbenti me la cavo, ma la biancheria è davvero fuori discussione!»

Risi anch'io. Lee era praticamente l'unica persona al mondo che aveva il permesso di chiamarmi "Shelly" anziché "Elle", il diminutivo di Rochelle, anche se a volte Noah usava quel soprannome per prendermi in giro. «Gli assorbenti non c'entrano. Il problema è il mio pigiama.»

«Ah, è per questo che sei così preoccupata?» Lee ridacchiò ancora, poi rotolò sul letto e si sporse per sbirciare nella mia valigia. «Starai benissimo a prescindere da cosa indosserai. E poi non credo che a Noah importi più di tanto.»

Gli sorrisi: qualsiasi problema avessi, riusciva sempre a farmi tornare il buonumore in un attimo.

«Giusto per sapere, da quant'è che stai preparando la valigia?» mi chiese. «Diciotto ore?»

Feci un cenno vago con la mano. «Otto.»

Il mio migliore amico mi guardò per qualche secondo negli occhi, poi scoppiammo entrambi a ridere.

«Potrei sbagliarmi, ma ho come l'impressione che *tu*» dissi, puntandogli contro un indice accusatorio, «non abbia neppure iniziato i preparativi.»

«*Tu* non sbagli affatto» replicò indicandomi a sua volta. Si schiarì la voce e afferrò il cuscino, lisciando la federa. «Senti... sei sicura che non ti dia fastidio che Rachel venga con noi?»

Me l'ha chiesto solo un miliardo di volte...

Sembrava quasi che si aspettasse che facessi una scenata e gli dicessi che non poteva cambiare i nostri soliti programmi. Come se potessi rimproverargli di voler portare la sua ragazza!

Dovevo ammettere che una parte di me non faceva i salti di gioia all'idea che ci fosse anche Rachel. In fondo desideravo che le cose fossero com'erano sempre state, però sapevo che era un pensiero egoista.

Tanto per cominciare, dato che uscivo con suo fratello, non potevo certo dire a Lee di lasciare Rachel a casa quando io sarei stata in compagnia del *mio* ragazzo.

E poi, se pure non ci fosse stato Noah, le cose quell'estate sarebbero cambiate ugualmente.

Noah non sarebbe ritornato in città con noi; sarebbe partito due giorni prima con il padre per visitare il campus di Harvard. Noi saremmo rimasti al mare, mentre loro avrebbero preso un aereo per il Massachusetts.

Non riuscivo ad accettare l'idea che le cose dovessero cambiare. Per tanti anni ero stata convinta che la casa sulla spiaggia ci sarebbe sempre stata. Che, qualsiasi cosa fosse accaduta, ci saremmo andati ogni estate e che, per qualche giorno, avremmo potuto comportarci da ragazzini spensierati e divertirci. Anche quand'eravamo cresciuti e Noah aveva cominciato a frequentare le feste sulla spiaggia, di sera, o a flirtare con le ragazze che ci provavano con lui, aveva sempre trovato il modo di passare del tempo con noi. Perché in spiaggia, di fronte all'oceano, c'eravamo solo noi tre, e non ci importava di cosa pensassero gli altri. Le estati trascorse in quel posto erano diverse dalla nostra quotidianità, migliori.

Quell'anno, invece, non ero sicura di come sarebbero andate le cose.

Battei le palpebre, mi concentrai su Lee e accantonai quelle riflessioni.

Che la presenza di Rachel mi facesse piacere o meno non aveva importanza: era la ragazza di Lee e dovevo accettare quella situazione perché tenevo a lui. Per fortuna mi stava simpatica.

«Certo che sono sicura» risposi. «Quando arriva?»

«Lunedì. E i suoi genitori verranno a prenderla giovedì pomeriggio per andare da alcuni parenti.

«Okay.» Annuii, recuperai un paio di pantaloni dal pavimento e li piegai.

«Elle, sei sicura di essere d'accor...»

«Sì!» Risi per risultare più convincente. «Sì, sono d'accordo al cento percento, Lee! Piantala di chiedermelo. E poi per me e tua madre sarà piacevole avere un po' di compagnia femminile, una volta tanto. Voi ragazzi siete piuttosto impegnativi, sai?»

«Lo sospettavo» disse con un sorrisino. «In effetti, negli ultimi anni non abbiamo passato molto tempo insieme.»

Scoppiammo ancora a ridere.

«Forza, datti una mossa e comincia a fare la valigia!» Lo spinsi giù dal letto. «Se dimentichi anche quest'anno il costume, non te ne presterò uno dei miei. Non voglio assistere di nuovo a quello spettacolo orribile!»

La mattina seguente, alle sei e mezzo, ero in cima alle scale, pronta a trascinare la valigia al pianoterra e poi sulla veranda. Qualcuno bussò alla porta d'ingresso, e un attimo dopo Lee la aprì ed entrò in casa.

«Ehi, attenta!» esclamò lanciandosi verso di me, per togliermi il bagaglio dalle mani prima che superassi il terzo gradino. Ero aggrappata al corrimano per evitare che la valigia pesantissima mi facesse perdere l'equilibrio.

«Grazie» dissi.

Davanti alla porta, udimmo dei rumori provenire dalla cucina. Lee guardò alle mie spalle e io mi voltai: mio padre era sulla soglia, con il pigiama e la vecchia vestaglia bordeaux. Sistemò gli occhiali che gli erano scivolati lungo il naso e chiese: «Pronti per partire?».

«Sì!» rispondemmo in coro.

«Conoscete le regole: le feste scatenate in cui scorrono fiumi di tequila sono vietate, non dovete allontanarvi troppo dalla riva, dovete essere gentili con gli altri ragazzi...»

«Sì, lo sappiamo!» esclamammo all'unisono.

La risata di papà fu interrotta da uno sbadiglio. «Vi faccio lo stesso discorsetto ogni anno, eh? Elle, prima che tu vada esigo un abbraccio.»

Lo raggiunsi, lo strinsi forte e lo baciai su una guancia.

«Stai attenta.»

Alzai gli occhi al cielo. Cosa pensava che avrei fatto? Che avrei sfidato uno squalo solo per poterlo raccontare ai miei compagni di scuola? Insomma, un po' di fiducia!

«Sai cosa intendo, Elle.»

Gli rivolsi uno sguardo confuso. Di cosa stava parlando?

Lee, accanto alla porta, diede un colpo di tosse. Mio padre, chiaramente a disagio, incrociò le braccia sul petto. Per un istante contrasse la mandibola, poi aggiunse in tono imbarazzato: «Con Noah».

Incredibilmente riuscii a non arrossire come un peperone. Mi limitai a sospirare e ad alzare di nuovo gli occhi al cielo con aria drammatica.

Perlomeno Lee si era astenuto dal fare battute sarcastiche. Non avevo dimenticato che mi aveva regalato dei preservativi per il mio compleanno, consegnandomeli davanti ai suoi genitori, a Noah, a mio fratello di dieci anni... e a mio padre! Lee provava a sdrammatizzare il fatto che uscissi con suo fratello con scherzi del genere e battute varie.

Vi lascio immaginare quanto avessi riso per la storia dei preservativi. Un vero spasso, già.

«Andrà tutto bene, papà, non hai motivo di preoccuparti. Ti chiamo quando arrivo» ribattei.

«Va bene, tesoro.» Sorrise e, per un istante, dimostrò i suoi quarantotto anni. Mi avviai alla porta e Lee prese la mia valigia prima che potessi farlo io.

«Lee?»

Si girò verso mio padre. «Sì?»

«Tieni d'occhio la mia bambina, okay?»

Ora non stavo più guardando mio papà, bensì il mio migliore amico. Che mi stava fissando con un sorriso affettuoso. Conoscevo benissimo i suoi occhi azzurri e gentili, e le lentiggini che gli coprivano il naso erano impresse in ogni mio ricordo degli ultimi dieci anni. Provai l'improvviso bisogno di abbracciarlo; qualsiasi cosa potesse accadere e qualsiasi cambiamento potesse verificarsi a causa dei rispettivi fidanzati o del tempo che passava, Lee avrebbe sempre fatto parte della mia vita, e ne ero felice.

Una parte di me mi intimò, con una vocina che sembrava quella di Lee, di piantarla di essere così sdolcinata.

«Non preoccuparti» disse Lee continuando a guardarmi. Sapevo che eravamo sulla stessa lunghezza d'onda. «Ci penso io.»

2

Il viaggio trascorse più in fretta del solito. Anziché stringerci tutti come sempre nella macchina di Matthew, il padre di Noah e Lee, quell'anno il mio migliore amico e io usammo la sua Mustang decappottabile del '65 e per tutto il tragitto scherzammo e cantammo a squarciagola le canzoni passate dalla radio.

E così il tragitto volò, anche perché Lee andava piuttosto veloce.

Arrivammo dopo gli altri, che però non ci avevano preceduto di molto: vedemmo Matthew che scaricava il bagagliaio e poi chiudeva l'auto. Ci accolse con un sorriso e un cenno della mano. «Avete trovato traffico?»

Scesi dalla macchina e mi sistemai la gigantesca borsa di paglia su una spalla. «No, tutto okay.»

Lee era ancora seduto dietro al volante, occupato

a raccogliere incarti di merendine e bottigliette vuote. Non era il ragazzo più ordinato del mondo, ma adorava la Mustang e non l'avrebbe mai lasciata in quello stato.

Aprii il bagagliaio e afferrai con forza la maniglia della mia valigia. Mentre mi sforzavo di sollevarla, mi chiesi cosa cavolo ci avessi infilato per renderla così pesante. In fondo sarei stata via per soli dieci giorni...

«Hai bisogno di una mano?»

Sorpresa e con il fiato corto lasciai andare il bagaglio, che ricadde nel baule con un tonfo sonoro. Mi girai per guardare dietro di me e i capelli mi ricaddero sul viso. Noah, sexy e bellissimo come sempre, mi fissava con un sopracciglio inarcato, sfoggiando il solito sorrisetto ironico.

Il mio cuore fece una capriola nel petto e non riuscii a trattenere un sorriso... anche se ci eravamo visti appena due giorni prima. Gli occhi di Noah brillarono quando mi avvicinai per baciarlo, e lui mi cinse la vita per attirarmi a sé. Aveva un profumo incredibile e stava benissimo con i pantaloncini da surfista e la t-shirt bianca un po' attillata.

«Ciao.»

«Ciao a te» sussurrò, sorridendo contro le mie labbra. «Allora, ti posso aiutare con la valigia?»

«È tutta tua, Superman.» Non potei trattenermi dal

fare quella battuta. Poco prima che cominciassimo a frequentarci, l'avevo beccato con dei boxer di Superman addosso e lui si era imbarazzato un sacco. Noah Flynn, il *bad boy* della scuola, lo stupido con cui litigavo in continuazione... portava le mutande di Superman. Si irritava ogni volta che glielo ricordavo, però a volte non riuscivo proprio a tenere la bocca chiusa.

Mi diede un bacio sulla guancia, poi sollevò la valigia dal bagagliaio e mi seguì sui gradini della veranda. La vernice in quel punto si seccava e si staccava di continuo, malgrado tutte le volte in cui i genitori di Lee ci avevano dato venti dollari per ridipingere le pareti esterne. La panchina accanto alla porta scricchiolava come se fosse sul punto di rompersi non appena qualcuno ci si sedeva sopra; la sfiorai con le dita prima di entrare.

La casa sulla spiaggia aveva molte stanze, ma erano tutte piccole e vicine le une alle altre. I mobili erano gli stessi da anni, alcuni risalivano addirittura alla nostra infanzia. All'esterno c'era una piscina e il tavolo a cui cenavamo quando non pioveva, oltre a un sentiero sempre invaso dalle erbacce che conduceva al mare. Quel posto era l'esatto contrario dell'abitazione ordinata, immacolata e moderna che la famiglia Flynn aveva in città. E ci piaceva così com'era: un po' vecchia, vissuta, accogliente e familiare. Ai miei occhi, era assolutamente perfetta.

«Vado a comprare qualcosa da mangiare» annunciò June uscendo dalla cucina mentre percorrevo il corridoio. Vedendomi, mi sorrise. «Ciao, tesoro.»

La salutai con un abbraccio e Noah ci passò accanto per portare la valigia nella mia stanza. «Vuoi che ti accompagni a fare la spesa?» mi offrii.

«No, non ti preoccupare. Resta pure qui a disfare i bagagli.»

Poi, scostandomi da sé e rivolgendomi il sorriso gentile e materno che conoscevo bene, disse qualcosa di inaspettato che mi colse del tutto alla sprovvista. «Ma guardati, Elle. Di colpo sembri cresciuta tantissimo.»

«Perché? Perché la mia valigia è persino più pesante del solito?»

«No» ribatté ridendo. «Non saprei dire perché, è più una sensazione... Però ho proprio l'impressione che negli ultimi tempi tu sia diventata una donna. Oh, ma sentimi, che discorso sciocco! Devo uscire da questa casa prima che mi venga voglia di cercare vecchie foto! Ah, di' ai ragazzi che per cena ci saranno le bistecche.»

«Certo» replicai, mentre June tornava in cucina.

Mi avviai verso le camere da letto. La mia, che condividevo con Lee, era accanto a quella di Noah; in mezzo c'era un bagno che usavamo tutti e tre. Forse sarebbe stato più sensato che fossero i ragazzi a dividersi una stanza, ma da piccoli litigavano talmente tanto che alla fine eravamo stati Lee e io a stringerci, e la situazione non era mai cambiata. (E June e Matthew, per quanto di ampie vedute, avevano detto chiaramente che Noah e io non avremmo dormito nella stessa stanza.)

Noah si fermò sulla soglia della cucina.

«Grazie per avermi aiutato con la valigia» dissi.

«Ehi, tutto qui? Non mi merito una mancia?»

Scoppiai a ridere, pronta a dirgli che poteva scordarselo, ma lui mi afferrò per un polso e si spostò di fronte a me, bloccandomi.

«Sono un fattorino molto affascinante, sai?» sussurrò con un tono serio quanto la sua espressione.

Soffocai un'altra risata ma non riuscii a trattenere un sorriso. «In effetti...» Mi alzai sulle punte per sfiorargli rapidamente le labbra. Lui però mi attirò a sé per un lungo bacio dolce, più intimo di quello che ci eravamo scambiati fuori poco prima. Le sue dita mi lasciarono il polso per intrecciarsi alle mie.

E poi sussultammo sentendo un colpetto di tosse.

Mi girai, pronta a incenerire Lee con lo sguardo e a chiedergli se per caso voleva che lo interrompessi ogni volta che baciava Rachel... ma le parole mi si bloccarono in gola.

«Permesso...» disse Matthew.

Noah arretrò di un passo e mi tirò con sé per lasciar passare il padre.

Ero talmente in imbarazzo che per qualche secondo non potei far altro che mordermi la lingua e giurare a me stessa che non mi sarei più lasciata baciare in quella casa.

Un colpetto alla mia coda di cavallo mi riportò alla realtà.

«Ehi, si direbbe che tu non sia abituata a farti vedere in giro con il tuo ragazzo» ridacchiò Noah.

«Be', si direbbe che ci siamo frequentati di nascosto per mesi» replicai in tono serio alzando gli occhi al cielo, anche se ero ancora imbarazzata. «Sei sicuro che ai tuoi genitori non dia fastidio che sia venuta anche quest'anno?»

Per un attimo mi sentii come Lee che chiedeva per l'ennesima volta se per me andava bene che Rachel trascorresse qualche giorno con noi. Osservai il viso di Noah alla ricerca di un indizio: forse i suoi genitori gli avevano detto qualcosa che non voleva riferirmi o magari avevano discusso della mia presenza dopo tutti i problemi che c'erano stati.

Noah mi strinse la mano, che tremava leggermente, e il suo tocco sciolse il nodo che mi attanagliava lo stomaco. «Sicurissimo. Senti, perché non vai a disfare i bagagli? Ho promesso a mio padre che avrei dato una sistemata fuori.»

Lasciai che mi baciasse di nuovo e, dopo, mi sentii un po' meglio. Andai in camera, dove Lee stava infilando alla rinfusa i suoi vestiti nella cassettiera. Mi sorrise e dimenticai l'ansia di poco prima. Matthew e June volevano che fossi lì, altrimenti Lee me l'avrebbe detto; non sarebbe mai riuscito a nascondermi una cosa del genere.

«Forse avrei dovuto portare meno roba» osservai con il fiato corto dopo aver issato la valigia sul letto per sistemare le mie cose.

«Potrebbe essere la frase più intelligente che tu abbia mai detto, Elle.»

«Ah ah, molto divertente.»

«Sai, l'estate scorsa avrei scherzato sul tuo cercare sempre una scusa per vedere i muscoli di mio fratello e parlare con lui, dicendo che eri innamorata, ma... Be', adesso so che lo sei davvero, quindi non è più così divertente.»

Scoppiai a ridere. «Non ti preoccupare, Lee. Il tuo senso dell'umorismo è ancora efficace.»

«Sì, ma solo perché sono un comico dal talento straordinario.» Rise anche lui. «Però la situazione è cambiata...»

Sospirai, improvvisamente infastidita. «Cosa vuoi che ti dica? Che mi dispiace?»

Lui si accigliò. «Non era quello che intendevo, Shelly.»

Si voltò e mise l'ultima maglietta nel cassetto. L'aria tra noi crepitò per la tensione.

Non ero abituata a quel nervosismo: Lee non mi aveva ancora perdonato per avergli mentito per mesi, aveva l'impressione che in un certo senso avessi preferito Noah a lui, ma di solito ignoravamo il problema.

«Non era quello che intendevo» ripeté in tono più dolce.

«Lo so.»

Prese un respiro profondo e mi sorrise per alleggerire l'atmosfera. «Adesso sbrigati, trova un bikini e cambiati. Voglio andare subito in spiaggia!»

Dato che vivevo in California, nelle ultime settimane mi ero goduta il sole e il caldo, ma la spiaggia aveva sempre qualcosa di speciale. L'estate sembrava molto più luminosa quando mi trovavo a pochi minuti dal mare.

Venti minuti dopo, Lee e io stavamo percorrendo il sentiero sabbioso e costeggiato dai cespugli che portava alla riva. Avevamo ignorato Noah, che ci aveva chiesto di dargli una mano a sistemare. Una volta al mare, stesi il telo con cura prima di sdraiarmi, tirare fuori gli auricolari e trovare una playlist sul telefono. Indossai gli occhiali da sole rossi che avevo comprato per cinque dollari in una stazione di servizio durante il viaggio; non riuscivo a credere di aver dimenticato i miei a casa.

Sentii che Lee si schiariva la voce e mi voltai a guardarlo.

Si mise i Ray-Ban sulla fronte, spettinandosi, e chiese: «Che stai facendo?».

«Ehm... Prendo il sole?»

Sospirò con aria spazientita e corrugò la fronte, poi mi puntò contro un dito come se fossi un cucciolo disobbediente. «Rochelle Evans, a volte sei proprio... *una ragazza*.»

Inarcai le sopracciglia per un attimo, stupita che mi avesse chiamato per nome e cognome, e poi sgranai gli occhi. «Forse è perché... *sono* una ragazza?!»

Lui scoppiò a ridere e mi lanciò addosso una manciata di sabbia. «Hai capito cosa intendo. Andiamo a prendere le tavole da bodyboard, dài!»

«Ho una proposta: tu vai a prenderle e io resto qui ad abbronzarmi un po'.»

«Aspetta, fammici pensare... No, nemmeno per idea.»

«Ti prego!»

«Va bene. Ma non mi assumo nessuna responsabilità riguardo alla tua tavola.»

Prima che potessi protestare corse via, sollevando onde di sabbia alle sue spalle. Sospirai e scossi la testa, sistemandomi per trovare una posizione comoda sull'asciugamano.

Un attimo dopo avvertii un colpetto a una gamba e una voce disse: «Ehi, pigrona».

«Posso avere due secondi di tranquillità o è chiedere troppo?» scherzai, mettendomi a sedere e togliendomi gli occhiali per far capire a Noah che era solo una battuta. Lui ridacchiò e lanciò il suo telo appallottolato accanto a me.

Rimisi gli occhiali e il mio sguardo si soffermò sui suoi addominali scolpiti. Mi resi conto che, in tutte le estati trascorse lì, non avevo mai cercato delle scuse per osservare Noah di nascosto. Probabilmente ero troppo impegnata a divertirmi per prestare attenzione a lui; poi, quando intorno ai dodici anni mi ero presa una cotta, non ero riuscita nemmeno a parlargli; spiare di nascosto il suo fisico perfetto era proprio fuori discussione.

Mi riscossi da quei pensieri e alzai gli occhi per vedere se si fosse accorto di qualcosa. Sapevo che il suo sorriso malizioso mi avrebbe fatto arrossire... E in effetti diventai tutta rossa, ma per un motivo diverso: era Noah che mi stava squadrando dalla testa ai piedi!

Diedi un colpetto di tosse e lui tornò a concentrarsi sul mio viso. A quel punto, fui io a sorridere.

«Che c'è?» esclamò lui in tono innocente. «Non ho il permesso di guardare la mia splendida ragazza?»

Scoppiai a ridere. «Solo se io ho il permesso di dire che il mio ragazzo è davvero sdolcinato.»

«Ma sentila! Tu *adori* le smancerie!»

«Un po'.»

Rise anche lui e mi tese una mano. La presi e lasciai che mi aiutasse ad alzarmi. Noah mi attirò a sé e mi baciò sulla fronte. Piegai la testa per baciarlo sulle labbra, quando...

«Oh, che schifo!»

«Lee...» sospirai, voltandomi appena tra le braccia di Noah. Lo fulminai con lo sguardo, ma il mio amico mi rivolse un sorriso furbo e girò le tavole che teneva in mano.

Allungò quella nera con un logo bianco a Noah, tenne per sé quella azzurra e mi lanciò quella rosa. Quando la presi al volo, notai la grande scritta BARBIE, circondata da fiori e cuori rosa.

«Lee!»

«Che c'è? Te l'ho detto, non mi assumo nessuna responsabilità.»

«Sì, sì» tagliai corto, anche se stavo sorridendo. «Andiamo. Che la festa abbia inizio.»

Lee sospirò e mi posò una mano sulla spalla, mentre la risata di Noah si trasformava in un colpo di tosse. «Shelly... devi promettermi una cosa.»

«Che cosa?»

«Di non pronunciare mai più quella frase.»

3

Ero di fronte allo specchio e stavo esaminando gli shorts e la canottiera che indossavo. Lee mi stava parlando, ma non lo stavo davvero ascoltando. Quando se ne accorse tacque e inclinò la testa. «Che succede?»

Mi morsi un labbro, improvvisamente nervosa. Sentivo il cuore battere forte contro le costole e inspirai a fondo per cercare di calmarmi.

Sapevo che quell'estate le cose sarebbero state diverse dal solito, e immaginavo anche che la situazione sarebbe stata un po' strana perché Noah e io adesso stavamo insieme, non eravamo più semplici amici. Eppure mi ero resa conto solo in quell'istante che stavo per cenare con i genitori di Lee e Noah non come migliore amica del primo, bensì come fidanzata del secondo.

«Shelly.»

«Non è nulla» lo rassicurai. «Sto bene, benissimo.»

Ma era la verità? Dentro di me c'era il caos. E se l'atmosfera fosse stata strana? O forse lo era già? Dovevo cercare di fare una buona impressione? Dato che ormai ero la ragazza di Noah, dovevo vestirmi un po' meglio? E se, e se, e se...

Lo stomaco di Lee brontolò. «Shelly, vieni a tavola o no?»

Come se avessi scelta...

«Ma certo. Scusami.» Mi sforzai di sorridergli, però sapevo che non ci sarebbe cascato.

Raggiungemmo Noah e i loro genitori, già seduti fuori. Il tavolo era ricoperto di piatti stracolmi di cibo e per un attimo temetti che cedesse per il peso.

«Spero che abbiate fame, ragazzi» disse June.

Con un tempismo perfetto, lo stomaco di Lee brontolò di nuovo e tutti scoppiammo a ridere. Lee e io occupammo i soliti posti... Mi ero sempre seduta tra Noah e Lee, ovviamente, per evitare che litigassero mentre mangiavamo, come da ordini di June. La cosa non mi aveva mai creato problemi, nemmeno quando discutevano e io mi trovavo in mezzo a loro. Ma la situazione era cambiata e mi sentivo soffocare, stretta tra il mio migliore amico e il mio ragazzo.

Se qualcun altro dei presenti era in preda a paranoie irrazionali, non lo diede a vedere. I ragazzi si stavano abbuffando, mentre June e Matthew parlavano di una galleria d'arte che avrebbe inaugurato l'indomani. Noah, però, doveva essersi accorto che qualcosa non andava, perché sfregò il ginocchio contro il mio, cercò il mio sguardo e mi rivolse un sorriso rassicurante. Mi concessi un lieve sospiro di sollievo. Quei pensieri di colpo mi sembrarono sciocchi e mi concentrai sul cibo.

Bastò il sorriso di Noah per farmi notare che l'atmosfera era rilassata come sempre. *Non è cambiato nulla*, mi dissi felice. Nel giro di pochi minuti, dimenticai ogni preoccupazione.

«Allora, Rachel arriva...»

«Non si parla con la bocca piena, Lee.»

Lui deglutì rumorosamente. «Allora, Rachel arriva lunedì alle tredici.»

«Come se non lo sapessimo» sbottò Noah. «Lo ripeti a tutti da quando la mamma ha detto che poteva stare con noi per qualche giorno.»

«Perché è *innamorato*» intervenni, dando una spallata a Lee e sorridendogli.

«Sentiamo, che programmi avete per domani?» chiese Matthew. Ebbi la netta impressione che volesse cambiare argomento, e in fretta.

«Andare in spiaggia» rispose Lee.

«Prendere il sole» esclamai io, prima di aggiungere: «E Noah esplorerà di nuovo la spiaggia in cerca di castelli di sabbia da distruggere...».

«Che cosa?!» strillò June, che non sapeva se arrabbiarsi o scoppiare a ridere.

«Si è trattato di un incidente» si giustificò Noah dandomi un colpetto tra le costole.

Gli lanciai uno sguardo dubbioso, sforzandomi di restare seria. «Certo, come no.»

«Non. L'ho. Fatto. Apposta» insistette, scandendo le parole. «E poi quel ragazzino non avrebbe dovuto costruire un castello circondato da un fossato enorme.»

«Noah è inciampato nel fossato» spiegò Lee, ridendo al ricordo del fratello che cadeva di faccia sul castello di quel povero bambino, mandando all'aria tutto il suo duro lavoro.

«Quando però ti sei offerto di aiutarlo a ricostruirlo sei stato molto carino» commentai con un sorrisetto. «Davvero gentile da parte tua.»

Ripensai a Noah che cercava di compattare la sabbia umida per tranquillizzare il bambino in lacrime di cui aveva appena distrutto il capolavoro. Nonostante i suoi sforzi, il ragazzino era corso a chiamare la madre e Noah era fuggito nella direzione opposta, mentre noi ridevamo alla vista del *bad boy* della scuola che scappava spaventato. Lee mi aveva fatto notare che una madre infuriata poteva essere molto pericolosa, e avevo dovuto ammettere che aveva ragione. In ogni caso, Noah era stato adorabile.

«Scusa, non ho sentito bene» mi disse. «Potresti ripetere?»

«Sei stato davvero, davvero *carinissimo*.»

«Va bene, basta così!»

Un attimo dopo Noah si alzò e mi afferrò per i fianchi, caricandomi sulla schiena. Urlai, ma stavo ridendo come una matta e non riuscii a liberarmi dalla sua presa. Quando mosse qualche passo, allontanandosi dal tavolo, il mio cuore saltò un battito. Non era diretto alla piscina, vero? Puntava dritto in quella direzione, ma non avrebbe mai...

Il mio corpo finì in acqua con un sonoro *splash*. Riemersi in superficie e restai lì a galleggiare, con i vestiti gonfi tutto intorno a me. Iniziai subito a battere i denti: chi l'avrebbe mai detto che l'acqua potesse essere tanto gelida, di sera!

Sentii Lee e i suoi genitori, ancora a tavola, che ridevano. La silhouette di Noah si stagliava davanti alla casa; anche se era in controluce, vidi che aveva le braccia incrociate e un gran sorriso stampato in volto.

«Ti ucciderò per questo, Noah Flynn!» urlai nuotando verso il bordo della piscina. «Adesso dovrò lavarmi di nuovo i capelli e...»

Lui si chinò su di me e mi interruppe dicendo: «Sei sexy quando ti arrabbi».

Lo fissai a lungo e poi gli schizzai dell'acqua in

faccia. Lui ridacchiò e, anche se forse al buio non mi vedeva, alzai gli occhi al cielo. «Mi aiuti?» chiesi, tendendogli una mano. Sott'acqua, puntai i piedi contro il bordo della piscina.

Lui fece per dire qualcosa, ma si fermò e mi prese la mano per tirarmi fuori. Io non persi tempo e gli diedi uno strattone, cercando di fargli perdere l'equilibrio. Probabilmente immaginava quali fossero le mie intenzioni, però speravo di riuscirci lo stesso... Mi sarei vendicata!

Purtroppo Noah si rivelò più forte di quanto credessi, e non si mosse di un millimetro. Rimase immobile e mi tirò fuori dalla piscina, come fossi un pesce e la sua mano una canna da pesca.

«Devo ammettere, Elle, che non pensavo fossi tanto prevedibile.»

«Fa tutto parte del mio piano diabolico.»

Noah mi depositò sulle piastrelle che circondavano la piscina e, non appena mi ebbe lasciato la mano, Lee si lanciò verso di lui, trascinandolo con sé nell'acqua. Gli schizzi mi colpirono in pieno.

June li rimproverò, ma stava ridendo anche lei: «Ragazzi, state attenti!».

Lee riemerse e scosse la testa come un cane bagnato. «Hai visto, Shelly? Puoi sempre contare su di me!» esclamò sorridendomi.

Gli soffiai un bacio. «Sei il mio cavaliere senza macchia e senza paura.»

Noah, sott'acqua, afferrò le gambe del fratello. Notai per un secondo l'espressione terrorizzata sul viso di Lee prima che scomparisse, facendomi piegare in due dalle risate.

Più tardi, dopo che mi fui lavata e asciugata i capelli, sentii qualcuno che bussava con delicatezza alla porta della mia stanza.

«Avanti.»

Fui un po' sorpresa di trovarmi di fronte June. «Ciao, Elle.»

«Ciao. Va tutto bene?»

«Sì, però stavo pensando che... forse potremmo parlare un attimo. Da donna a donna.» Si sedette in fondo al letto di Lee, con un'espressione insolitamente seria.

«Okay...»

Allora avevo fatto bene a preoccuparmi prima di cena, e durante la giornata: le cose erano cambiate davvero. Non sapevo di cosa volesse parlarmi June, ma sospettavo che riguardasse me e Noah.

«Elle... ascolta, tesoro. Te lo chiedo solo perché tengo a te, e sappi che spero di non metterti in imbarazzo.» Mi rivolse un sorriso rassicurante. «La situazione tra te e Noah mi confonde un po', ecco... Mi domandavo cosa farai tra qualche mese, quando lui andrà al college.»

«Ah!» Si trattava di quello? «Be', credo che cercheremo di... di sfruttare al massimo l'estate. E poi ogni tanto tornerà a casa per le vacanze... E potremo fare delle videochiamate. In qualche modo ce la caveremo.»

Il mio ottimismo si spense vedendo gli occhi di June. Avevano il tipico sguardo di genitori e insegnanti che significava: "Sei ancora così giovane, non sai di cosa parli". Non ero abituata a riceverlo da June e mi innervosii.

«Pensi davvero che sia la soluzione migliore?» replicò. Il suo tono era gentile, non di superiorità, e mi calmai un po'.

«Be'... In un certo senso, sì... Le relazioni a distanza possono funzionare. Lo so che stiamo insieme solo da pochi mesi, ma tra me e Noah è diverso. Ci conosciamo da sempre.»

«Ti ricordi che, da piccola, ti travestivi da principessa e dicevi che da grande avresti vissuto in un castello con il tuo principe azzurro?»

Mi coprii il viso con le mani per un secondo, ridendo per la vergogna. «Oddio, me n'ero dimenticata!»

«Tesoro, sono una mamma... Il mio compito è ricordarti tutte le cose imbarazzanti che hai fatto da bambina.»

Risi ancora e mi spostai sul bordo del letto per mettermi di fronte a lei.

Mi accarezzò il ginocchio. «Non fraintendermi, Elle. Ho visto come vi guardate e so che siete innamorati. Ma adesso è facile. Quando Noah partirà per il college, dovrete impegnarvi molto di più. E vorrei che foste entrambi consapevoli delle difficoltà che vi attendono.»

Non riuscii a trattenermi. «Hai affrontato il discorso anche con Noah?»

Lei annuì. «Non voglio passare per la pessimista di turno e dire che tra voi non funzionerà o che non dobbiate nemmeno provarci. Spero solo che non soffriate, ecco perché vi chiedo se ci avete riflettuto bene. I rapporti veri non sono come quelli delle favole, Elle. Ci vuole impegno.»

Non sapevo cosa dire e immaginavo che nessuna delle mie risposte l'avrebbe soddisfatta.

«Il mio è solo il punto di vista di una madre» si affrettò ad aggiungere, sollevando le mani. «Ora ti lascio riposare. Immagino tu sia stanca» disse, alzandosi.

Le sorrisi e mi resi conto che aveva ragione: era stata una giornata lunga e sentivo le palpebre sempre più pesanti.

Le augurai la buonanotte e rimasi seduta per qualche secondo a fissare la porta chiusa. Sul legno sbiadito c'erano delle tacche nei punti in cui Lee e io avevamo segnato le nostre stature, estate dopo estate. Le guardavo senza vederle davvero, con la mente affollata da un turbinio di pensieri.

Tra me e Noah sarebbe andato tutto bene, vero? Potevamo gestire un rapporto a distanza, giusto?

Anche se i chilometri sarebbero stati davvero tanti, senza contare la differenza di fuso orario. Per stare con Noah avevo messo a rischio la mia amicizia con Lee, e non era stato facile. Ma non volevo perderlo, non volevo che ci lasciassimo. Ero pronta ad affrontare una storia a distanza e a farla funzionare.

Chissà se lui è della stessa idea, però...

I dubbi di June si erano impadroniti di me e mi chiesi se, malgrado fosse stata spinta dalle intenzioni migliori del mondo, le sue parole non avessero avuto lo stesso effetto sul figlio.

E se adesso non vuole più provarci? E se...

«*Toc, toc.*»

Mi alzai e aprii la porta della stanza. Mi trovai di fronte Lee, che teneva due tazze fumanti in mano. Notando la mia espressione, mi rivolse il sorriso che conoscevo bene. «Che succede? Qualcosa non va?»

Presi la tazza che mi stava porgendo. «Cioccolata calda in piena estate?»

«Ma certo!» esclamò allegro. Si sedette sul suo letto, di fronte a me, dove fino a poco prima c'era stata sua madre. «La mamma ha detto che forse ne avevi bisogno. Allora, che succede?»

«Nulla, è solo che...»

Lui sbuffò. «Che cosa ti ha detto mia madre?»

«Niente! Cioè... Ha parlato di... Insomma, non l'ha detto in modo così diretto, ma è chiaro che secondo lei Noah e io faremmo meglio a lasciarci quando lui partirà per il college e io... Non lo so! Vuole ancora stare con me? Non ha mai avuto una storia lunga, prima. Immagino che voglia lasciarmi alla fine dell'estate per trovarsi una ragazza sexy e intelligente che può vedere tutti i giorni e che non vive dall'altra parte del paese. E quindi io...»

«Ehi, ferma un secondo! Non ci capisco più niente» mi interruppe Lee. Ridacchiai e assaggiai la cioccolata. «Tanto per cominciare, non ha nessuna intenzione di lasciarti. Fine del discorso.»

Risi di nuovo. «A volte sei davvero utile, lo sai?»

«Certo che lo so.»

Scossi la testa. «Senti, non importa. Dimentica quello che ho detto.»

Lee sembrava pronto ad affrontare il discorso, e in modo serio. Era il mio migliore amico e potevo parlare di tutto con lui.

Ma non di quell'argomento. Quella conversazione non riguardava me e lui; riguardava me e Noah.

Così, prima che potesse protestare, lo distrassi: «Sei contento che arrivi Rachel? Dove dormirà?».

«Nel mio letto» rispose. «Io mi accontenterò del pavimento della camera di Noah per un paio di notti.»

«Ah, okay.»

«Non ti dispiace, vero? Dividere la stanza con lei, intendo. Per te va bene, giusto?»

Lo guardai da sopra il bordo della tazza e sorrisi. Se anche avessi detestato Rachel (il che era impossibile, dato che era gentile e simpatica), avrei dovuto accettare quella situazione, per Lee. «Certo che non mi dispiace. Davvero. Andrà tutto alla grande.»

O, almeno, lo spero.

4

I due giorni seguenti volarono. Ci eravamo alzati tardi ed eravamo andati subito in spiaggia per nuotare e fare un po' di bodyboard; dopo aver giocato con il frisbee, avevamo pranzato a casa. Un pomeriggio eravamo tornati al mare, l'altro lo avevamo trascorso in piscina.

E Noah e io eravamo riusciti a ritagliarci qualche momento da soli... Anche se, quando avevamo avuto la casa tutta per noi, i suoi genitori erano rientrati prima del previsto. Avevamo avuto giusto il tempo di recuperare i vestiti sparsi intorno alla piscina prima che venissero a salutarci.

Domenica, Lee non stava più nella pelle. L'indomani sarebbe arrivata Rachel e lui era emozionatissimo. Era anche un po' confuso: a un certo punto andò a comprare dei gelati per tutti, ma tornò con un paio di pinne. Evitai di chiedergli cosa fosse successo.

Scriveva in continuazione a Rachel, e le notifiche dei messaggi ogni dieci secondi mi stavano facendo impazzire. «Oddio, chiamala e basta! Ti prego!» sbottai quando non ne potei più.

Lee esclamò allegro: «Okay!». E si allontanò per andare a telefonare.

«È talmente innamorato che ormai non mi fa nemmeno più ridere... o quasi» commentò Noah in tono serio. «Secondo te quando dovrò cercarmi un completo da pinguino per il matrimonio?»

Sorrisi. «Mmm... Direi tra un paio d'anni.»

«Così tanto? Sicura?»

«Be', conosci tuo fratello. Vorrà assicurarsi che i fiori, il cibo e la torta siano perfetti. E vorrà anche una festa di addio al celibato perfetta.»

«Che, ovviamente, dovrò organizzare io.»

«Pensi che ti chiederà di fargli da testimone?»

«E a chi altro potrebbe proporlo? Sono suo fratello maggiore e so un sacco di aneddoti imbarazzanti sul suo conto. Sono la persona giusta.»

«Temo che quel ruolo spetti a me, sai?»

«Lo vedremo» sorrise lui, prima di esclamare: «Sto morendo di sete. Ti va di andare al bar a prendere una Coca?».

Sulla spiaggia, poco lontano da noi, c'erano un negozietto, un noleggio di surf e un bar. Il locale mi piaceva tantissimo perché mi faceva pensare ai Caraibi: aveva un ampio tetto di paglia e i drink venivano serviti con un ombrellino di carta.

«Certo» risposi.

Frugò sotto l'asciugamano in cerca del portafoglio ed estrasse qualche banconota. «Andiamo.»

Impiegammo poco a raggiungere il bar, ma c'era molta gente e ci sarebbe voluto un po' prima di essere serviti. Mentre aspettavamo mi guardai intorno e notai dei ragazzi che parlavano, fissando Noah. Lui era girato di spalle e non se ne accorse, eppure io ebbi la netta impressione che stessero discutendo di lui. La cosa non mi piaceva affatto.

«Conosci quei ragazzi laggiù?» chiesi, dicendomi che mi stavo preoccupando per nulla, magari non lo stavano neppure fissando...

Noah si voltò e seguì il mio sguardo. I ragazzi sembravano avere più o meno la nostra età, dovevano essere all'ultimo anno di liceo o matricole all'università.

Stavo per afferrare un braccio di Noah perché forse non era il caso di guardarli in modo tanto sfacciato, ma poi mi resi conto che non gli importava della loro opinione. Per nulla turbato si girò verso di me e, prima che potessi dire qualcosa, uno dei baristi ci chiese: «Ciao! Cosa vi servo?».

«Due Coche» ordinò Noah, posando il denaro sul

bancone. Lanciò un'altra occhiata ai ragazzi, con le sopracciglia aggrottate.

«Noah!» lo chiamai a bassa voce, tirandolo per una mano quando non mi rispose. «Li conosci o no?» Li guardai di nuovo di soppiatto e sussurrai: «Ci stanno ancora fissando».

«Più o meno. Credo di aver baciato la ex di uno di loro, la scorsa estate. Lui ha cercato di colpirmi e così mi sono difeso. Ma forse lo confondo con qualcun altro» spiegò in tono noncurante.

«Cosa? Quando...?»

«Hai presente tutte le feste e i falò sulla spiaggia a cui tu e Lee non venite mai?»

Annuii.

Noah indicò i ragazzi alle sue spalle con un cenno vago. «Ecco, penso sia successo durante una di quelle serate.»

«Non ci posso credere...» mormorai scuotendo la testa. «Non potevi andartene e basta?»

Lui serrò la mascella e chinò il capo. «Non hai tutti i torti.»

Il barista posò sul bancone due bicchieri alti. Lo ringraziai e bevvi un sorso.

Noah e io ci sedemmo a un tavolo e riprendemmo la conversazione interrotta poco prima mentre sorseggiavamo la Coca. Eppure non riuscivo a rilassarmi, continuavo a guardare i ragazzi alle sue spalle. Uno di loro aveva un sorrisetto stampato in faccia e gli altri due stavano ridendo. Mi si annodò lo stomaco.

Quando ci alzammo e qualcuno andò a sbattere contro Noah, rimasi a bocca aperta. Il tizio biondo che l'aveva colpito, quello che fino a pochi istanti prima stava ridendo, l'aveva evidentemente fatto apposta. Arretrò di un passo ed esclamò in tono sarcastico: «Scusami tanto, non ti ho proprio visto!».

Un muscolo si contrasse sulla guancia di Noah, che diede una spinta, non troppo forte, al ragazzo. «Perché non guardi dove metti i piedi?»

L'altro sbuffò, subito imitato dagli amici, che sorridevano come due idioti. «Ah, adesso sarebbe colpa mia?»

Noah serrava e apriva i pugni, le braccia distese lungo il corpo. Gli posai una mano sulla spalla. «Ehi, andiamo via. Non ne vale la pena, dài.»

Il tizio biondo mi fissò e rise sprezzante fissando Noah. «Allora, Flynn, a chi hai rubato la ragazza quest'anno?»

Noah lo fulminò con lo sguardo come se fosse una macchia sulla sua adorata moto. «Dacci un taglio.»

Fece per allontanarsi e per un istante rimasi sciocata: Noah Flynn, il più duro di tutta la scuola, si tirava indietro di fronte a una rissa?

Wow, forse è davvero cambiato...

Il tizio e i suoi amici, però, non volevano rinunciare tanto facilmente. Il biondo si spostò davanti a Noah e lo spinse ancora. Mi guardai attorno: dov'era Lee quando avevo bisogno di lui?

«Dài, su» esclamò Noah. «Vuoi davvero discutere davanti a una signorina?»

Il ragazzo stava per spingerlo di nuovo, ma lui si spostò di lato, facendogli perdere l'equilibrio; cadde in avanti e lo vidi sputare della sabbia.

Prima che potesse rialzarsi o che i suoi amici decidessero di aggredire Noah, gli presi la mano. «Andiamo via.»

Lui annuì e ci avviammo insieme sulla spiaggia.

Mi guardai alle spalle un paio di volte. Il tizio biondo fece cenno agli amici di lasciarlo in pace prima di allontanarsi a passo pesante. Anche senza sfiorarlo, Noah era riuscito a ferirlo nell'orgoglio.

«E così non sei sicuro di aver baciato la sua ex l'estate scorsa?» chiesi incredula, rischiando di inciampare mentre cercavo di stargli dietro.

«No, so di averlo fatto. Ma a mia discolpa si erano già lasciati. E comunque quel tizio è un idiota.»

«E senti il bisogno di scatenare una rissa con tutti gli idioti che incontri? Perché sappiamo entrambi che ci sarebbe stata una rissa, se non fossi intervenuta.»

Lui mi lasciò la mano per cingermi le spalle con

un braccio, tirandomi più vicino a sé. «Certo che sei bravissima a farmi sentire in colpa, Elle...»

«Dico sul serio. Devo essere sicura che tu sappia che i problemi si possono risolvere anche senza ricorrere alla violenza. Non... non voglio che tu finisca nei guai ad Harvard.»

«Lo so, l'ho capito, davvero. Anche i miei genitori me lo ripetono da mesi. Basta con le risse. Non devo più comportarmi in modo stupido o avventato. Lo so e ci sto lavorando.»

Per qualche secondo fui troppo stupita per ribattere. Noah sembrava incredibilmente determinato. Mi rivolse un sorriso incerto, un po' imbarazzato. Non mi ero mai chiesta cosa gli avessero consigliato i genitori al riguardo, e Noah non me ne aveva mai parlato.

«Qualsiasi cosa ti abbiano detto, è chiaro che li hai ascoltati. Il Noah di un tempo avrebbe picchiato quel tizio... e non avrebbe risparmiato i suoi amici. Ma dopo, per la cronaca, te la saresti dovuta vedere con me.»

«Oh, lo so benissimo.»

Eravamo tornati ai nostri asciugamani. Di Lee, nessuna traccia. Mi stesi di nuovo sul telo.

«Ehi, Elle?»

«Sì?»

«Ci sto provando. A essere una persona migliore,

intendo. A non essere troppo impulsivo. E... niente, volevo che lo sapessi.»

«Lo so. È solo che... spero che tu non lo faccia per me, capisci? O, almeno, non *soltanto* per me.»

«Non è così. Anche se sei un ottimo incentivo.» Inarcai le sopracciglia di fronte al suo tono malizioso. «Non posso permettermi che tu sia arrabbiata con me, Elle.»

«Cerca di ricordartelo, nel caso ci dovesse essere una prossima volta.»

«Vado a fare il bagno, vieni?»

«No» risposi pigramente. «Resto qui e finisco di ascoltare un podcast.»

Noah annuì e si chinò per darmi un bacio prima di dirigersi verso l'oceano. Lo guardai allontanarsi, ripensando a come aveva evitato di scatenare una rissa. A quanto pareva, stava davvero cambiando.

5

Lunedì mattina mi svegliai all'alba, o almeno così mi sembrò dopo non aver praticamente chiuso occhio per tutta la notte.

Mi rotolai tra le lenzuola con un gemito e poi scesi dal letto.

«Scusa» sussurrò Lee. «Ti ho svegliato?»

«Un elefante in una cristalleria farebbe meno rumore di te.» Mi passai le mani sul viso e sbadigliai. «Che ci fai già in piedi?»

«Rachel arriva oggi e...» Si fermò, perché non c'era altro da aggiungere. Anche se una parte di me trovava adorabile che si fosse alzato prestissimo per sistemare la stanza e non farla sembrare disastrosa agli occhi della sua ragazza, lo fulminai con lo sguardo.

«Che ore sono?»

«Le sette.»

A quella risposta, gli scagliai addosso il cuscino.

Lui rise e lo afferrò al volo, per poi lanciarlo di nuovo sul mio letto. Lo fulminai ancora con lo sguardo per avermi svegliato a quell'ora assurda, poi afferrai il bikini e un paio di shorts, e andai in bagno. Visto che sapevo che non sarei riuscita a riaddormentarmi, pensai che una doccia mi avrebbe aiutato a svegliarmi del tutto.

Controllai che le due porte del bagno condiviso fossero chiuse. Dato che solo quella di Noah aveva la serratura – per giunta malfunzionante –, avevamo ideato un sistema molto semplice: se la porta era chiusa, il bagno era occupato.

Lo spazio non era enorme, ma sembrava persino più piccolo e caotico del solito per via dei prodotti per capelli di Lee, dei miei cosmetici disposti ordinatamente e della roba di Noah sparsa ovunque. Spostai le cose di Lee in un angolo per poter appoggiare i miei vestiti.

Mi stavo insaponando i capelli quando sentii una porta che si apriva. Con un sospiro mi sporsi oltre la tenda della doccia, mentre la schiuma dello shampoo mi scivolava sulle guance. «Lee, non mi interessa a che ora arriva Rachel. Il tuo gel potrà aspettare che io...»

Noah mi osservò per un secondo e poi scoppiò a ridere. «Dovrei proprio farti una foto» disse, indicando la mia faccia infastidita e i capelli raccolti sulla testa.

«Oh, piantala.»

«Qual è il problema? Non mi vuoi sotto la doccia con te?» Sorrise e fece per sfilarsi la maglietta.

«Noah, smettila!»

Per quanto desiderassimo passare un po' di tempo da soli durante quella vacanza, non era facile riuscirci. Sì, la sua stanza era letteralmente attaccata alla mia, però le pareti della casa erano sottili, un dettaglio che non ispirava né romanticismo né sensualità. Soprattutto considerato che nella stessa casa c'erano anche il mio migliore amico e i loro genitori.

«Di cosa stai parlando?» chiese, sempre sorridendo, mentre si slacciava la cintura.

«Non *puoi* fare uno spogliarello in bagno!» sibilai arrossendo. Mi spostai di nuovo sotto il getto d'acqua per lavarmi i capelli. «Non è giusto... Come abbiamo potuto pensare che avremmo avuto del tempo solo per noi, qui?»

«Che ti prende, Elle? Hai bisogno di una doccia fredda, per caso?»

Gli intimai ancora di chiudere la bocca e sorrisi. Essere così vicina a lui in continuazione e non poter fare... nulla era incredibilmente frustrante. E anche cercare un posto appartato non era facilissimo: dopo il nostro tentativo in piscina di qualche giorno prima, quando i suoi genitori erano tornati in anticipo, non volevo rischiare che ci beccassero di nuovo.

Quando uscii dalla doccia, avvolta nell'asciugamano, vidi che Noah aveva appena finito di lavarsi i denti e che si era pettinato. Gli diedi un colpetto con i fianchi per farlo spostare e prendere i miei vestiti.

Noah, però, rimase fermo accanto al lavandino, con le braccia incrociate sul petto e gli occhi fissi su di me.

«Che c'è?»

Si strinse nelle spalle. «Stavo solo pensando.»

«A cosa?»

La sua risposta, accompagnata da un sorriso sincero, fu molto semplice: «Al fatto che ti amo».

Si protese per un bacio rapido; solo uno, leggero, a fior di labbra. Poi fece per andarsene, ma gli afferrai la maglietta per trattenerlo.

«Ehi, non te la caverai così facilmente...» Sorrisi e lo baciai sulla bocca, con passione. Le sue braccia mi cinsero i fianchi e lui mi attirò a sé. Aveva un profumo buonissimo... l'aveva sempre avuto? Gli passai le dita tra i capelli, spettinandoli di nuovo.

«Okay, adesso me ne vado sul serio» sospirò sciogliendo l'abbraccio e dandomi un ultimo bacio. «O sarò io ad aver bisogno di una doccia fredda.»

Alla fine Rachel arrivò con qualche ora di anticipo e Lee corse alla stazione degli autobus per accoglierla. La casa sulla spiaggia non era l'ideale per ospitare una persona in più, ma avevamo trovato una soluzione: Lee avrebbe dormito su un vecchio materasso gonfiabile nella stanza di Noah.

Ero accoccolata sul divano con Noah e i suoi genitori a guardare la tv, quando sentimmo l'auto di Lee entrare nel vialetto.

«A quanto pare l'altra coppia di piccioncini è arrivata» commentò June prima di alzarsi con Matthew per andare a salutarli. Ascoltai la loro conversazione per qualche minuto, mentre Lee portava la valigia di Rachel in camera.

L'idea che la sua ragazza trascorresse con noi qualche giorno non era un problema per me ma, ora che era arrivata, provavo una strana sensazione.

Scacciai subito quei pensieri, dicendomi che non avevo motivo di preoccuparmi e che sarebbe stato piacevole passare del tempo con una ragazza, tanto per cambiare. Senza contare che la sua presenza mi avrebbe fatto sentire meno in colpa se avessi cercato di stare un po' da sola con Noah, trascurando Lee.

Fissai il televisore e vidi che Noah aveva cambiato canale, sintonizzandosi su una gara automobilistica. Dopo venti secondi, dissi: «Non ho intenzione di guardare questa roba. Ci deve essere qualcos'altro... magari dei cartoni animati».

«Cartoni animati? Stai scherzando, vero?»

Lo fulminai con lo sguardo e mi allungai per prendere il telecomando dal bracciolo del divano. Lui però fu più veloce di me: lo afferrò e lo sollevò sopra la testa.

«Noah!» strillai, alzandomi in piedi sul divano. Cercai di strapparglielo dalle mani, ma lui continuava ad allontanarlo e alla fine gli caddi addosso, a cavalcioni. Il mio viso era vicinissimo al suo e ci fissammo per un istante lunghissimo. Stavo aspettando il momento giusto, in attesa di fare un altro tentativo.

Noah usò la mano libera per spostarmi una ciocca di capelli dietro l'orecchio, e con la punta delle dita mi sfiorò la nuca. A quel punto...

Lanciai un grido e ricaddi sul divano, tentando di scappare. Ma Noah si mosse alla velocità della luce e si sdraiò su di me, immobilizzandomi. E iniziò a farmi il solletico. Ridevo così tanto che rimasi senza fiato. Provai a scalciare, a divincolarmi, ad allontanare le sue mani. Tutto inutile.

Mi agitai talmente tanto da ritrovarmi sul bordo del divano, ed entrambi scivolammo sul pavimento con un tonfo sordo.

«Noah!» urlai. «Noah, smettila!»

Lui ridacchiò; aveva un sorriso dispettoso e un luccichio malizioso negli occhi azzurri. Ma in quel momento sua madre gridò dal corridoio: «Cercate di non strapparvi i vestiti di dosso!».

Ci bloccammo all'istante. Avevo appena capito che Lee aveva ereditato da June la capacità di metterci in imbarazzo. Sentivo le guance in fiamme e Noah si morse il labbro, trattenendo una risata. A quel punto scappava da ridere anche a me e mi morsi con forza l'interno delle guance. Riuscii finalmente a liberare le mani e lo colpii al petto per farlo smettere.

«Ehi, ciao, ragazzi.»

Noah e io ci girammo verso la porta, da cui faceva capolino la testa di Rachel. Ci salutò con un cenno, che avrei ricambiato se Noah non mi avesse di nuovo bloccato le mani.

«Ciao!» rispondemmo in coro.

«Benvenuta in questa gabbia di matti» aggiunsi. «Cioè, alla casa sulla spiaggia.»

«Andiamo, i miei genitori vogliono mostrarti la spiaggia.»

Tra me e me ringraziai il carattere solare ed entusiasta di Lee, che cinse i fianchi di Rachel e la condusse all'esterno. Udii la porta sul retro chiudersi alle loro spalle e, dalla finestra, li vidi dirigersi verso la spiaggia.

Mi girai verso Noah e liberai una mano per passargli le dita tra i capelli, scostandoglieli dal viso. Lui mi rivolse un sorriso sincero, come quello di qualche ora prima. Non si trattava del solito sorriso malizioso o appena accennato; era quello che faceva risaltare la fossetta sulla guancia sinistra, talmente contagioso che sorrisi anch'io, con le farfalle nello stomaco.

«Allora, domani sera...»

«Mmm?» *Mi sono persa qualcosa, per caso?*

«Avevo pensato di fare qualcosa con te stasera» spiegò, «ma a quanto pare andremo tutti al ristorante per festeggiare l'arrivo di Rachel. Domani, però, usciremo da soli. Tu e io.»

«Hai in mente qualcosa in particolare?»

Lui finse di riflettere sulla domanda. «Ho qualche asso nella manica.»

«Non avrai intenzione di portarmi a una gara di *monster truck*, vero?»

Rise e mi diede un buffetto sul naso; io reagii con una smorfia. «No, stai tranquilla. Ti conosco, Elle. Fidati di me, ti piacerà. Se tutto andrà secondo i piani.»

«Quali piani?»

Lui si strinse nelle spalle. «È una sorpresa.»

Sbuffai e lo guardai di traverso. «Perché sei così fissato con le sorprese?» Mi fermai un istante a riflettere. «Dimmi che hai fatto un gesto incredibilmente romantico, come costruire una nuova *kissing booth* per... non so, per ricreare la magia del nostro primo bacio?»

Noah scoppiò ancora a ridere. «Be', questa sì che è una grande idea. Forse allora la mia sorpresa ti deluderà...»

«Non puoi dirmi cos'hai organizzato senza fare tante storie? Odio non sapere le cose, mi fa sentire stupida. Ti prometto che non sarò delusa quando me lo dirai. Me lo dici? Ti prego...»

Lui sorrise divertito e per un istante somigliò in modo inquietante a Lee. «Se lo facessi, dove sarebbe il divertimento?»

«Ti piace proprio stuzzicarmi, eh?» dissi mettendo il broncio.

«Sì, parecchio.» Chinò la testa per darmi un rapido bacio sulle labbra prima di rialzarsi e di tendermi una mano. Sospirai, ancora imbronciata, ma la afferrai e mi rimisi in piedi anch'io. «Guardi con me il resto della gara?» scherzò.

Fissai per un istante lo schermo della tv, che stava ancora trasmettendo la corsa, e inarcai le sopracciglia come per dire: "Mi prendi in giro, vero?". Lui si limitò a ridere di nuovo e si sedette sul divano. Mi accomodai di fianco a lui; anche se non avevo nessuna voglia di assistere alla gara, ero molto, molto felice.

Gli altri tornarono poco dopo. Rachel andò a prendere il costume in camera e lei, io, Noah e Lee ci preparammo per un pomeriggio in spiaggia.

Dopo aver steso l'asciugamano sulla sabbia mi sfilai la maglietta e tolsi gli shorts che indossavo sopra il bikini rosso a pois. «Vado a nuotare, voi venite?»

«Mmm... magari tra dieci minuti» rispose Rachel con un sorriso radioso. Lanciò una rapida occhiata a Lee e capii al volo.

Okay, vogliono stare un po' da soli. Ricevuto.

Non ebbi bisogno di guardare il mio migliore amico o di aspettare una sua conferma; mi voltai subito verso Noah, che stava leggendo qualcosa sul cellulare. Gli diedi un colpetto sul gomito. «Su, andiamo. Vediamo chi arriva prima.»

Lui mi rivolse un sorrisino, inarcando un sopracciglio scuro. «Una gara, eh? E che premio vincerò?»

«Be', prima devi battermi.»

«Mi verrà di sicuro in mente qualcosa» disse lui facendomi l'occhiolino e mostrandomi il lato arrogante del suo carattere che conoscevo bene. Un tempo mi chiedevo come mai le ragazze cadessero ai suoi piedi di fronte a quell'atteggiamento, ma ormai subivo anch'io il suo fascino. Lasciò cadere il telefono sull'asciugamano, poi lanciò gli occhiali da sole. «Tre» disse, «due...»

Scattammo entrambi prima della fine del conto

alla rovescia, sapendo che l'altro avrebbe fatto lo stesso. Sul mio viso comparve un grande sorriso, che si trasformò subito in una risata mentre correvo sulla spiaggia e il vento mi spettinava i capelli. I miei piedi scivolavano sulla sabbia asciutta e fine; in quella sfida con Noah, mi sentivo di nuovo una bambina. Adoravo quella sensazione... e adoravo lui. Ma in quel momento volevo solo vincere.

Ero in testa. Quando mi girai a guardarlo, vidi che era a pochi passi da me. La sabbia cominciò a diventare più umida e solida e mi dissi che avrei vinto la gara senza problemi. Stavo per arrivare all'acqua e...

In quell'istante Noah mi superò e si voltò verso di me, sorridendo, con il mare che gli lambiva le caviglie. Mi fermai di colpo sul bagnasciuga, sconvolta all'idea di aver perso all'ultimo secondo.

«Non è giusto» mi lamentai.

Lui rise di gusto. «Ho vinto rispettando le regole, Shelly» mi provocò usando il soprannome che odiavo. «Quindi dovrai pagare una penitenza.»

Mi avvicinai a lui, entrando in acqua. «Ma non avevamo stabilito un premio.»

Lui sbuffò. «Dammi solo il tempo di pensarci...» mi stuzzicò. «E comunque sapevamo tutti e due che avrei vinto io. Non avresti dovuto sfidarmi.»

«Stavo per vincere!»

«Certo, come no...»

Cominciai a sospettare che mi avesse fatto passare in testa solo per illudermi di poter vincere. Aggrottai la fronte, ma poi rilassai il viso per rivolgergli un sorriso dolce e sensuale. Avanzai ancora, lasciando pochi millimetri tra noi, e gli posai le braccia sulle spalle.

Lo vidi sgranare appena gli occhi, speranzoso, in attesa che lo baciassi. Sul suo volto ricomparve l'espressione sicura di sé che conoscevo bene. Mi alzai sulle punte dei piedi, protendendomi verso di lui... e poi lo spinsi con tutta la forza che avevo.

Ci riuscii perché l'avevo colto alla sprovvista, ma ebbi comunque l'impressione di spingere un muro di mattoni dagli addominali scolpiti. Noah barcollò all'indietro e aprì la bocca stupito mentre perdeva l'equilibrio.

Cadde con un sonoro *splash* e l'acqua fredda lo avvolse completamente. Io feci una smorfia e gridai quando mi schizzò: era davvero gelida.

«Ecco la mia vendetta per avermi buttato in piscina l'altra sera.»

Noah rise, si rialzò e scosse la testa per eliminare un po' d'acqua dai capelli. «Mi sembra giusto.» Mi attirò a sé per un bacio.

Fui percorsa da una serie di brividi, come se dentro di me stessero esplodendo dei fuochi d'artificio.

6

Durante la prima cena alla casa sulla spiaggia ero stata molto nervosa, salvo scoprire che non ce n'era motivo. Nel corso della prima sera che Rachel trascorse con noi, però, l'atmosfera cambiò decisamente. All'inizio fui colta dal panico al pensiero di aver incrinato gli equilibri del nostro gruppo mettendomi con Noah, però poi mi resi conto che non dipendeva da me: la situazione era diversa per la presenza di Rachel. Ormai, comunque, mi ero abituata all'idea di essere considerata la ragazza di Noah, e non un membro aggiuntivo della sua famiglia.

Rachel e io ci stavamo truccando e pettinando davanti allo specchio del bagno. Indossavo l'abitino giallo che avevo comprato con lei e le altre ragazze qualche tempo prima e, su suo consiglio, avevo messo anche una collana d'oro. Non mi ero portata dei gioielli, ma lei mi aveva suggerito di completare il vestito con un accessorio e si era offerta di prestarmi qualcosa di suo.

Avvertii di nuovo quella sensazione strana quando, pronta per andare al ristorante, feci per sedermi accanto a Lee in macchina.

«Ah» esclamò lui. «Ehm...»

«Che succede?»

«Elle» mi chiamò Noah, «perché non vieni con noi?»

Mi voltai stupita verso di lui perché andavo sempre in macchina con Lee, quando se ne presentava la possibilità. Ma poi notai Rachel, che mi sorrideva imbarazzata e stringeva nervosamente la borsetta, e capii. Sfoderai un gran sorriso e risposi: «Certo!», anche se avevo lo stomaco annodato.

Una volta arrivati al ristorante ci accomodammo al tavolo e io mi ritrovai accanto a Rachel, di fronte ai ragazzi. June e Matthew si sedettero a un'estremità, vicino a Lee e Rachel, e parlarono perlopiù con loro. Ne fui sollevata, anche perché ero ancora dispiaciuta per il malinteso sui posti in auto di poco prima.

Ma le stranezze non erano finite. Il ginocchio di Noah, sotto al tavolo, sfiorava il mio e ogni tanto lui si allungava per scostarmi una ciocca di capelli dal viso o per accarezzarmi una mano. Di solito non si comportava in quel modo davanti ai suoi genitori, e nemmeno io. Continuai a sentire il suo sguardo su di me anche quando arrivarono le ordinazioni e cominciammo a mangiare. A un certo punto alzai la testa e vidi che i suoi occhi blu mi fissavano intensamente e con amore. Mi concentrai sul piatto, sforzandomi di non arrossire mentre infilzavo senza troppa convinzione il cibo con la forchetta.

Quella sera c'erano molte cose diverse dal solito, però cercai di convincermi che non era necessariamente negativo. Ci stavamo divertendo e andava tutto bene.

In effetti la cena filò liscia finché non ordinammo il dolce.

«Ah, Flynn!» esclamò Rachel di colpo. «Non ti ho ancora fatto i complimenti per essere stato accettato ad Harvard. È davvero fantastico!»

Noah si spostò appena sulla sedia, ma nessuno lo notò; io me ne accorsi solo perché le nostre gambe si toccavano. «Grazie. Tra un paio di giorni andremo a visitare il campus.»

«Tuo cugino ha lavorato ad Harvard, vero?» intervenne Lee.

Rachel annuì. «Sì! Ha lavorato per un po' in uno dei dormitori. Quell'esperienza gli è piaciuta un sacco, ha detto che erano tutti simpatici e che il campus era un posto accogliente.»

Noah annuì, con il tipico cenno indifferente e disinteressato di Flynn, il *bad boy* che interpretava di fronte ai compagni di scuola. Gli diedi un colpetto con il piede sotto il tavolo.

Matthew notò il suo silenzio e commentò: «È un'opportunità davvero incredibile».

«Esatto» aggiunsi subito, sperando che il mio tono fosse abbastanza incoraggiante. «Non dovresti lasciartela scappare.»

Noah si limitò a fissarmi.

Anche se avevo parlato con June del fatto che suo figlio alla fine dell'estate si sarebbe trasferito ad Harvard, non avevo ancora affrontato l'argomento con lui. In quei giorni ci stavamo divertendo un mondo, e comunque non avevamo avuto la possibilità di discuterne in privato. In quell'istante, però, vedendo la sua espressione, capii che era giunto il momento di parlarne.

Lanciai un'occhiata a Lee, distogliendo lo sguardo da quello impenetrabile di Noah, e il mio migliore amico mi rivolse un sorriso comprensivo. Per l'ennesima volta, avrei voluto che Noah fosse trasparente come il fratello.

«Il sorbetto al limone?» chiese il cameriere, avvicinandosi al tavolo con le braccia cariche di piatti disposti accuratamente.

«Per me» disse Rachel con un cenno.

Tornai a osservare Noah mentre il cameriere posava i dolci sul tavolo. Sentivo di dover dire qualcosa per spezzare la tensione tra noi e, dopo averci pensato un po', chiesi: «Come sono i dessert? Sembrano buonissimi, avrei dovuto ordinarlo anch'io».

«Ecco.»

Davanti alle mie labbra comparve una forchetta con un pezzetto di cheesecake ricoperta di deliziosa crema ai frutti di bosco.

«Assaggia pure.»

Guardai Noah, stupita; fingeva che fosse tutto normale, che la conversazione sul college non avesse creato dell'imbarazzo, e un sorrisino gli increspava le labbra. Sentii le guance avvampare, però mi sporsi in avanti e assaggiai la torta.

Mi lasciai scappare un piccolo gemito – quello che facevo sempre quando mangiavo qualcosa di squisito che mi si scioglieva in bocca – e il sorriso di Noah diventò più ampio. Deglutii e cercai invano di rimanere seria.

Quando però Lee commentò: «Oddio, come siete sdolcinati» scoppiai a ridere, subito imitata dagli altri. In un attimo dimenticai il timore che Noah e io ci saremmo separati di lì a poche settimane, e la tensione che mi accompagnava da tutta la sera svanì, permettendomi di rilassarmi. Noah continuò a fissarmi con quello sguardo intenso e insieme divertito. Osservando il suo sorriso affascinante mi dissi che, anche se il tempo da trascorrere insieme era poco, ero davvero fortunata a stare con lui.

Mentre Rachel finiva di svuotare la valigia dall'altra parte della stanza, sistemai i miei vestiti, misi a lavare la roba sporca e riordinai i sandali. Mi disse che era felicissima di passare qualche giorno al mare e che non vedeva l'ora di stare un po' con Lee.

«Fossi in te non mi illuderei troppo» la avvisai ridendo. «Da queste parti non è facile stare un po' da soli con il proprio ragazzo... c'è sempre un sacco di gente.»

«Parli per esperienza personale?»

«Già. Da quando siamo arrivati, Noah e io avremo passato da soli cinque minuti al massimo.»

Qualcuno bussò dalla porta del bagno, interrompendo la nostra conversazione.

«Siete presentabili?» La voce di Lee era attutita dal legno e distinsi a malapena le parole.

Scavalcai il mio letto e gli aprii. «Devo ammettere che sei molto educato, da quando è arrivata la tua ragazza...»

«Sai benissimo che sono un gentiluomo, Shelly» mi rispose Lee.

Inarcai un sopracciglio. «Che succede? Hai dimenticato qualcosa o senti già la mancanza della nostra stanza?»

«"La nostra stanza"?» ripeté Rachel.

Ci voltammo verso di lei, che ci fissava con un'espressione stupita.

«Ma voi... Credevo che Lee dividesse la camera con Noah» disse confusa.

Lee scoppiò a ridere e mi scompigliò i capelli. «No, figurati. Di solito dormiamo noi due qui. Noah invece ha sempre avuto una camera tutta per sé, dato che è il più grande.»

«Ah. Certo, capisco.» Con un sorriso nervoso, Rachel si girò subito per mettere in carica il cellulare.

Fulminai Lee con lo sguardo. Quando le aveva parlato della casa sulla spiaggia, non gli era venuto in mente di dirle che condividevamo la camera? Per noi non aveva mai avuto importanza, però... era chiaro che alla sua ragazza potesse sembrare strano.

«Sono felice di avere una nuova compagna di stanza» dissi a Rachel, sperando di alleggerire l'atmosfera. «Qualcuno di ordinato e che non russa, per esempio.»

«Beata te...» sospirò Lee. «In ogni caso, non sono venuto qui per farmi offendere.» La sua voce si abbassò in un sussurro: «Sono qui perché stiamo per scambiarci le camere».

«Eh?» Rachel e io ci lanciammo uno sguardo confuso.

Lee mi fissò con impazienza. «Vai di là» ordinò indicando la porta alle sue spalle, «per tipo un'ora. Vorrei passare un po' di tempo da solo con la mia ragazza, se non ti dispiace.»

Trattenni una risatina. «Direi che i vostri genitori non hanno pensato al fatto che un bagno che collega le due stanze non è il modo migliore per tenerci separati...»

«Occhio non vede, cuore non duole. Tra un po' ci diamo di nuovo il cambio. E adesso... vai.»

Non avevo certo bisogno di sentirmelo ripetere. Mentre mi infilavo in bagno sentii Lee che mi diceva: «Shelly, niente sconcezze! Qui le pareti sono sottili!».

Sbuffai e udii Rachel esclamare: «"Sconcezze", Lee? Sul serio?».

Esitai prima di entrare in camera di Noah perché mi ricordai di essere in pigiama. Non ero truccata, ma quello non mi importava; negli ultimi giorni non avevo usato make-up, dato che eravamo sempre in spiaggia. Gli shorts grigi e lisi e la canottiera informe blu scuro, però, non mi donavano un granché e non erano esattamente il look che volevo sfoggiare davanti al mio ragazzo.

Mi guardai per qualche secondo allo specchio e

poi sussurrai: «Oh, chi se ne frega». In fondo, Noah mi aveva visto in condizioni peggiori: una volta mi ero ubriacata a una festa e lui mi aveva tenuto i capelli lontani dal viso mentre rimettevo l'anima. In confronto allo stato in cui mi ero ridotta quella sera, quel vecchio pigiama era un abito da sera. Quando spalancai la porta della camera di Noah, però, scoprii che non avevo motivo di preoccuparmi del mio aspetto. La stanza era immersa nell'oscurità e faticai persino a distinguere il letto. Trovai a tentoni la parete e avanzai con cautela con un braccio teso davanti a me.

«Noah?» sussurrai, per paura di essere scoperta.

«Segui la mia voce...» mormorò ridacchiando.

Sbuffai. «Non potresti accendere la luce? Non vedo nu...»

Inciampai nel materasso gonfiabile su cui avrebbe dormito Lee e caddi in avanti mulinando le braccia. Con il gomito colpii l'angolo del letto di Noah e rimasi senza fiato per il dolore. Calò il silenzio e trattenemmo il respiro in attesa che i suoi genitori irrompessero nella stanza.

«Ahia» borbottai dopo qualche secondo, distesa sul materasso.

«Stai bene?» chiese piano Noah, avvicinandosi.

«Sì, tutto a posto. Ho sbattuto il gomito... Meno male che il materasso ha attutito la caduta.»

«Per fortuna» disse, prima di aggiungere ridacchiando: «Certo che sei davvero goffa».

«E tu sei davvero antipatico» mi limitai a rispondere.

Lui rise ancora, poi mi posò una mano sul fianco e sentii il suo braccio contro la schiena. Le sue dita trovarono le mie e mi aiutò a rialzarmi.

«Non si fanno le cose di nascosto, Elle...» mi rimproverò in tono scherzoso. Il suo alito caldo che sapeva di menta mi solleticò una guancia. Risi piano e mi protesi per dargli un bacio, ma sbagliai mira e centrai il suo mento. Scoppiò a ridere di nuovo e mi baciò sulla punta del naso.

Poi arretrò di un passo, tenendomi per un braccio, e mi fece sedere accanto a lui sul letto.

«Com'è possibile che tu cada in continuazione, Elle?» chiese, giocando con una ciocca dei miei capelli.

Ormai i miei occhi si erano abituati al buio e riuscii a distinguere il suo viso. Scorsi un sorriso, uno di quelli che gli facevano spuntare la fossetta sulla guancia.

Mi strinsi nelle spalle. «Cosa posso farci? Mi fai quest'effetto...»

Appoggiò la fronte contro la mia. «Sei proprio un'inguaribile romantica.»

«Ed è una cosa negativa?»

«Mmm, a volte sì. Ma non nel tuo caso. Sei molto dolce.»

All'improvviso le sue labbra si posarono sulle mie, senza esitazioni, e io gli cinsi le spalle con le braccia, attirandolo più vicino a me. Mi strinse a sé e scivolammo sul materasso, l'uno di fronte all'altra, con le gambe intrecciate.

«Hai i piedi ghiacciati» osservò.

«Forse sono i tuoi a essere insolitamente caldi.»

«No, no, sei tu.»

Risi ancora, a bassa voce.

«Elle» disse poi lui, nel tono grave che usava quando voleva parlarmi di qualcosa di serio. Sospettavo di sapere di cosa si trattasse e una parte di me sperava di avere ragione, perché dovevamo affrontare l'argomento se volevamo superare quell'ostacolo. Un'altra parte di me, invece, si augurava di sbagliarsi, perché Noah avrebbe potuto spezzarmi il cuore.

«Che c'è?» sussurrai dopo qualche secondo.

«Cosa... cosa faremo? Quando andrò al college, intendo.»

Anche se eravamo immersi nell'oscurità e Noah non poteva vedere bene il mio viso, cercai di non lasciar trapelare la mia preoccupazione. Alzai le spalle, ancora abbracciata a lui. «Non lo so. Non voglio che tu...» Mi morsi la lingua. «Mi mancherai tantissimo.»

«Anche tu mi mancherai. Ma dobbiamo parlare di cosa faremo una volta che l'estate sarà finita.»

Era l'occasione che aspettavo, il momento di dire che potevamo almeno *provare* a gestire una storia a distanza, che non c'era bisogno di lasciarsi al termine delle vacanze per paura che non avrebbe funzionato come immaginava sua madre. Però temevo che lui non sarebbe stato d'accordo e di rovinare così il poco tempo che ci rimaneva.

Prima di poter riflettere a fondo, tuttavia, le parole mi sfuggirono di bocca: «Potremmo provare con una relazione a distanza, fare almeno un tentativo...». Mi fermai prima di dire qualcosa di veramente stupido, come: "A meno che tu non voglia già lasciarmi". Per fortuna Noah non sembrò accorgersi della confusione e del panico che si agitavano dentro di me.

«È davvero quello che vuoi?» domandò.

«Sì... Tu no?»

Ottimo lavoro, Elle, adesso ti dirà che no, non è quello che vuole, e il resto dell'estate sarà completamente rovinato. Complimenti.

«Certo che lo voglio! Però... Insomma, mi sentirei un egoista se tu non fossi d'accordo. Dovresti aspettare il Ringraziamento e Natale per vedermi. Mi trasferirò nel Massachusetts, dall'altra parte del paese. Per te sarebbe un impegno importante e non voglio costringerti ad assumerti questa responsabilità se non... se non sei... Cioè...»

Il mio cuore saltò un battito.

Era più preoccupato dal fatto che dovessi attendere mesi per vederlo che dalla possibilità di conoscere una ragazza più bella, più intelligente e in sostanza migliore di me? Temeva che fossi *io* a non voler provare ad avere una relazione a distanza?

«Quello che non voglio» dissi, puntellandomi sui gomiti e guardandolo dritto negli occhi anche se forse non riusciva a vedermi, «è che ci lasciamo. Significherebbe arrendersi e, Noah, noi non ci arrendiamo.»

Intravidi un sorriso. «Allora...»

«Sai, pensavo che fossi tu a non volerci provare» sospirai, posando la testa contro la sua spalla. «Forse dobbiamo migliorare la comunicazione tra noi.»

«La comunicazione sarà fondamentale quando sarò a quasi cinquemila chilometri di distanza» osservò Noah. Aveva parlato con una voce bassa e roca, e mi attirò a sé prima di baciarmi sul collo. «Ma mi è venuta in mente una cosa importantissima per il presente...»

«Ah, sì?» lo stuzzicai.

Noah scivolò sopra di me. Mi dissi che non importava quanto vecchio fosse il pigiama che indossavo quando lui mi infilò una mano sotto la canottiera. Ci muovemmo lenti e senza far rumore, sussurrando nell'oscurità, felici di poter stare finalmente un po' da soli.

7

Il giorno dopo ci spostammo in un'area più frequentata della spiaggia e i ragazzi si unirono a una partita a beach volley, mentre Rachel e io restammo a prendere il sole. Non era mai stato lo sport adatto a me, ma guardare gli scambi a bordo campo non era poi così male... Anche perché Noah era persino più sexy del solito, con le spalle larghe luccicanti di sudore, i capelli scuri che gli ricadevano sugli occhi, gli addominali scolpiti...

Si girò verso di me mentre lo fissavo da dietro le lenti dei miei occhiali nuovi; non erano abbastanza scure da nascondere il mio sguardo e lui mi fece l'occhiolino.

«Oddio, avete visto?!» strillò all'improvviso una ragazza alle mie spalle. «Mi ha fatto l'occhiolino? Cioè, stava guardando proprio me, vero? Che emozione!»

Lanciai un'occhiata a Rachel, che osservò la ragazza e poi mi fissò inarcando le sopracciglia.

«Dovresti chiedergli il numero» consigliò un'amica alla tizia, e Rachel assunse un'espressione buffa mentre cercava di trattenere una risata. «Sì, devi assolutamente farlo. È chiaro che gli piaci.»

Mi voltai, attirando l'attenzione delle due sconosciute. Sembravano avere un paio d'anni più di me, probabilmente frequentavano l'università. «Che c'è?» mi chiese una di loro.

«Per tua informazione, non ha fatto l'occhiolino a te.»

Lei sbuffò. «Certo, come no. Pensi che stesse guardando *te*?» Mi squadrò, accennando un sorrisino.

«Mmm... sì, direi di sì» ribattei.

«Sì, sicuro» ridacchiò la sua amica. «Stava proprio guardando te.»

«Be'» intervenne Rachel, «contando che stanno insieme sono abbastanza sicura che non abbia fatto l'occhiolino a te.»

Sentii le ragazze borbottare qualcosa prima di alzarsi e andarsene.

Diedi un colpetto al braccio di Rachel, sorridendo. «Chi l'avrebbe mai detto che la ragazza più gentile del mondo potesse dare risposte del genere? Ricordami di non farti mai arrabbiare!»

Quella sera Lee portò Rachel al cinema e poi a cena fuori. Matthew e June invece andarono all'inaugurazione della galleria d'arte di cui avevano parlato, e così Noah e io restammo da soli in casa. Stavo facendo qualche vasca in piscina quando lui mi raggiunse e mi toccò una spalla.

«Hai dimenticato che ho organizzato una sorpresa per te?»

Oddio, me ne sono completamente scordata.

«Ehm...»

«Ti cucino la cena. Sperando di non bruciarla.»

«Dici sul serio?»

«Certo che sì. Gli altri sono usciti, quindi... ci attende una serata speciale.»

Bastarono le parole "serata speciale" per farmi uscire subito dalla piscina e buttarmi sotto la doccia.

Non sapevo cosa mettermi: l'unico abito carino che mi ero portata, quello giallo, era in lavatrice. Avevo degli shorts e delle magliette, ma nulla di *speciale*, per usare l'espressione di Noah.

Dovevo assolutamente chiamare Rachel.

«Sei stata fortunata» disse quando rispose al telefono. «Sono appena stata in bagno e stavo per tornare in sala. Che succede?»

«Noah mi prepara la cena e io non ho idea di cosa indossare.» Speravo che mi consigliasse come abbinare i vestiti e gli accessori, dato che sapeva cosa mi ero portata in vacanza, e la sua risposta mi spiazzò.

«Nel mio armadio c'è un vestito bianco che lascia la schiena scoperta. Metti i tuoi sandali neri. Adesso devo scappare, il tizio che vende i pop corn mi sta guardando male. Ciao!»

«Ti devo un favore» dissi, anche se ormai aveva già riattaccato. Corsi all'armadio e trovai l'abito di cui mi aveva parlato. Non avevo molto tempo per sistemare i capelli, quindi mi limitai a legarli in una coda. Quando però mi guardai allo specchio, sorrisi. Stavo decisamente bene, considerando che mi ero preparata in mezz'ora.

Fuori dalla cucina mi fermai e presi un respiro profondo. Un attimo dopo sentii il profumo del cibo cucinato da Noah. Di qualsiasi cosa si trattasse, sembrava buonissimo... anche se forse si era un po' bruciacchiato.

Il lampadario della cucina era spento, ma la luce che filtrava dall'esterno mostrava la silhouette di Noah che si stagliava contro le porte a vetri. Feci per entrare, però lui mi venne incontro sulla soglia.

«Non è così bruciato» mi avvertì subito. «Davvero!»

Scoppiai a ridere. «Non ho detto una parola!»

Da quando mi aveva rivelato qual era la sorpresa si era cambiato: adesso indossava dei jeans neri e una camicia grigia che si tendeva sui bicipiti. Anche i capelli scuri, in genere arruffati, erano un po' più in ordine del solito... che li avesse addirittura pettinati? Pensai che, quando gli ricadevano sugli occhi, sembrava più tenero e... spensierato, benché dovessi ammettere che era più sexy che mai.

«So che lo stavi pensando» obiettò. «L'odore è inconfondibile. Però almeno il disastro non si vede, è coperto dalla salsa...»

Risi ancora. «Non sapevo che fossi uno chef stellato.»

Lui mi fece l'occhiolino e sorrise. «Sono un uomo dai mille talenti, Elle... Che ci posso fare?»

«Potresti non essere troppo arrogante» osservai.

«Sì, hai ragione. Anche perché magari finiremo in ospedale per un'intossicazione alimentare.»

«Esatto» lo stuzzicai, passandogli accanto per sedermi a tavola. Il cibo prometteva bene e aveva un aspetto delizioso: Noah aveva preparato una specie di pasticcio di pollo con contorno di verdure e una densa salsa rossastra.

La serata trascorse tra chiacchiere e risate, e il mio cuore saltava un battito ogni volta che Noah mi prendeva la mano.

Dopo cena, percorremmo il sentiero che portava alla spiaggia che entrambi conoscevamo benissimo (per fortuna, dato che ormai era buio), mentre le nostre braccia si sfioravano. A un certo punto le nostre dita si intrecciarono e arrivammo alla spiaggia tenendoci per mano.

Le nuvole si erano accumulate per tutto il pomeriggio e ora offuscavano il cielo, tingendolo di nero inchiostro. Anche l'oceano era una macchia scura, interrotta solo dalla schiuma bianca delle onde che si infrangevano sulla riva. Camminammo sulla sabbia bagnata senza dire una parola mentre l'acqua ci lambiva i piedi. Tenevo i sandali nella mano libera, facendoli dondolare dalla punta delle dita; Noah si era tolto le infradito e aveva arrotolato l'orlo dei jeans.

Quel silenzio era bellissimo. L'unico suono era quello delle onde, non si sentivano neppure i rumori del traffico. Ogni tanto si udiva un cane che abbaiava, dato che non eravamo i soli a passeggiare di notte sulla spiaggia.

Era davvero fantastico.

All'improvviso un boato esplose sopra la nostra testa e guardai verso l'alto.

«Probabilmente non verrà a piovere» mi rassicurò Noah riferendosi al tuono.

Dopo qualche altro passo dissi: «Grazie. Per tutto questo».

«Stiamo solo facendo una passeggiata...»

«No, intendo per aver cucinato la cena e tutto il resto.»

Si strinse nelle spalle. «Era un piatto semplice, ho seguito la ricetta di mia madre.»

«Sono seria. È stata una serata davvero speciale. Grazie mille.»

Lo afferrai per un braccio e lo feci fermare per potergli dare un bacio... Ma qualcosa di freddo e bagnato mi cadde sul naso prima che ne avessi la possibilità. Un'altra goccia gelida mi colpì la fronte e mi rigò una guancia.

Alzai la testa nello stesso istante in cui lo fece Noah. E a quel punto le nubi minacciose e gonfie si squarciarono, rovesciando su di noi una pioggia torrenziale. Gridai per la sorpresa, mentre Noah stava già correndo in cerca di un riparo, trascinandomi con sé. Era così veloce che inciampai più volte. La sabbia bagnata mi si incollava alle gambe e la coda di cavallo si stava sciogliendo.

La pioggia era martellante e in un attimo fui completamente fradicia. Avevo i capelli appiccicati alla nuca e qualche ciocca davanti agli occhi. Sentivo il mascara che colava, incollandomi le ciglia.

Appena arrivammo alla casa sulla spiaggia, Noah mi fece entrare e poi chiuse la porta alle nostre spalle.

Eravamo senza fiato e sul pavimento ai nostri piedi si stavano formando due pozze d'acqua. Fuori esplose un altro tuono.

«Una serata davvero speciale, eh?»

Ci guardammo e scoppiammo a ridere.

A costo di apparire sdolcinata, in quel momento mi sentivo come ipnotizzata da Noah. Tutto in lui mi sembrava perfetto: lo sguardo che mi stava rivolgendo, il fatto che fosse più alto di me, persino il naso un po' storto.

«Ti amo» sussurrai.

Il sorriso che gli illuminava il viso e lo sguardo lo fece apparire ancora più bello. Senza dire nulla, si avvicinò e mi prese il volto tra le mani prima di posare le labbra sulle mie. In quell'istante capii che non avevo bisogno di parole. Noah non lasciava trasparire le emozioni come Lee, eppure sapevo già tutto ciò che dovevo sapere.

8

«E così Rachel è partita, eh?»

«Già» rispose Lee. «Siamo di nuovo soltanto noi tre. Ancora per un po', almeno.»

I giorni con Rachel erano stati piacevoli, ma quel senso di stranezza che provavo non mi aveva ancora abbandonato. Avevo l'impressione che qualcosa non andasse, e sapevo che era sbagliato non volerla lì con noi, dato che la situazione era cambiata anche a causa mia. Ero consapevole di aver trascorso meno tempo con Lee per stare con Noah, e la presenza di Rachel era stata positiva perché aveva distratto il mio migliore amico.

Eppure non ero troppo dispiaciuta per la sua partenza ed ero felice di potermi godere per qualche altro giorno la casa sulla spiaggia insieme ai fratelli Flynn.

Sorrisi. «Proprio come ai vecchi tempi...»

«Non credo che tornerò qui molto presto» esclamò all'improvviso Noah. «Forse questa sarà l'ultima estate che trascorrerò nella casa sulla spiaggia.»

Non l'avevo mai visto così triste, anche se cercò di nascondere l'emozione che trapelava dalla sua voce con un colpo di tosse. «E probabilmente la prossima estate sarà l'ultima anche per voi due.»

«Perché?» chiese Lee. «Ci verremo ogni anno, come abbiamo sempre fatto.»

Noah sbuffò. «Non ci contare troppo. Potete provarci, certo, ma non è detto che le cose vadano così. Sì, lo so, sono un pessimista» replicò, senza darmi il tempo di dirgli che il suo atteggiamento era stupido e cinico. «Ma pensate agli stage estivi, a un eventuale lavoro... Adesso non avete molti impegni, però la situazione prima o poi cambierà. Non tutti hanno la possibilità di vivere un lieto fine.»

E noi? E il nostro lieto fine?

Mi morsi il labbro e decisi di rimanere in silenzio. Sapevo che non stava pensando a noi. Avevamo promesso di impegnarci per far funzionare la nostra storia anche a distanza, non potevo chiedere di più.

«Ma guardalo.» Lee mi diede un colpetto sul braccio, fissando Noah. «Pensa di essere diventato saggio, adesso che andrà al college... Crede di aver capito tutto. Se sei convinto che non ti trascineremo qui ogni estate, rimarrai deluso. Fuori da qui, l'estate non esiste!»

«Sai, Lee, un giorno crescerai anche tu.»

«Mai. Ti ricordi che in quinta elementare ho interpretato Peter Pan nella recita scolastica? Be', mi hanno scelto per un motivo ben preciso.»

Noah sospirò e gli lanciai uno sguardo che diceva: "Non tirare troppo la corda". L'ultima cosa che volevo era che si mettessero a discutere; anche se negli anni avevo vissuto quella situazione, e più di una volta, non avevo nessuna voglia di ritrovarmi nel mezzo di un litigio. Sperando di distrarli e per evitare che Lee si deprimesse all'idea di un'estate senza casa sulla spiaggia, afferrai il pallone da football che avevamo portato.

«Dài, Lee. Hai detto che ti sei allenato...» Gli lanciai la palla. «Facci vedere di cosa sei capace.»

«Oddio, Lee, che casino qua dentro... Mi sa che preferisco Rachel come compagna di stanza...»

Arricciai il naso vedendo vicino al mio letto le sue mutande, che spedii dall'altra parte della camera con un calcio. Adesso che la sua ragazza era partita, dormivamo di nuovo insieme.

«Non credi che il fatto che condividiamo una stanza sia strano, vero?» gli chiesi, ripensando alla reazione di Rachel quando l'aveva scoperto. «Forse siamo troppo grandi per farlo?»

«Shelly, nello zaino porto sempre degli assorbenti per te, insieme ai libri di scuola. Abbiamo superato la fase "stranezza" almeno cinque anni fa.» Raccolse dei vestiti sporchi dal pavimento e poi mi fissò. «Tu non trovi che sia strano, giusto?»

«Certo che no. Mi stavo solo... non lo so. Forse per Rachel lo è.»

«Ma no. Sa benissimo che rapporto abbiamo.»

Mi girai e feci una smorfia, non troppo convinta. Non sapevo come mi sarei sentita se fossi stata in Rachel, però... Be', stavamo parlando di Lee. Era il mio migliore amico, fine della storia.

«Ehi, siete pronti per domani?» domandò Noah, infilando la testa nella porta.

Il giorno seguente sarebbe stato l'ultimo che avremmo trascorso tutti insieme prima della partenza di Noah. E così, quella sera puntai diverse sveglie per essere sicura di alzarmi presto: ero decisa a sfruttare al massimo le ore che ci rimanevano, a qualsiasi costo.

«Non ti preoccupare, ce la faremo» ribatté Lee. «Anche se Elle ci metterà un po' per truccarsi e per sistemarsi i capelli... che sono un disastro, tra l'altro.»

Mi portai una mano alla testa. Forse Lee aveva ragione, ma per il momento mi limitai a prendere un elastico dalla cassettiera e a legarli in una coda.

«Non dargli retta, Elle. Stai benissimo.»

Soffiai un bacio a Noah. «Anche tu non sei niente male.»

Lee finse un conato di vomito. «Se avete finito di flirtare, possiamo andare a dormire?»

Ridacchiai e gli tirai la sua maglietta e dei calzini che avevo in mano. Un calzino gli restò appeso all'orecchio finché lui non lo fece cadere scrollando la testa come un cane. Anche Noah scoppiò a ridere, e il mio lato più malinconico, quello che mi rendeva un'inguaribile romantica, desiderò immortalare quel momento: noi tre mentre ridevamo e scherzavamo nella casa sulla spiaggia, come sempre, senza una sola preoccupazione al mondo.

Era un istante perfetto, ma purtroppo era soltanto quello: un istante fugace.

9

L'ultima giornata insieme finì troppo in fretta. Cercammo di fare più cose possibili: partite a frisbee e a football, nuotate nell'oceano, scambi a beach volley (a cui partecipai anch'io, benché fossi negata). A un certo punto Noah e io avevamo lasciato Lee al campo di beach per stare un po' da soli al bar sulla spiaggia... dove per fortuna non si erano presentati i problemi della volta precedente.

Avrei voluto che quella giornata durasse per sempre. Avrei voluto che Noah non partisse.

Ero terrorizzata all'idea di doverlo salutare. Sapevo che non sarebbe stato via a lungo, però stavo già pensando a quando si sarebbe trasferito davvero. Mi sforzai di allontanare quelle preoccupazioni per non rovinarmi l'umore.

«Mmm» esclamò Lee, riportandomi al presente. «Mi sono appena ricordato una cosa!»

In realtà aveva parlato con la bocca piena e aveva pronunciato dei suoni incomprensibili. Avevo capito cos'aveva detto solo perché nei diciassette anni passati con lui avevo imparato a interpretare ogni verso che gli usciva dalle labbra.

«Cosa?» chiesi io, *dopo* aver deglutito il boccone.

«Be'» ribatté. Si fermò per dare un morso gigantesco al burrito e per ruttare. «Stamattina, quando stavamo giocando a beach volley... Dopo che ve ne siete andati ho parlato con dei ragazzi. Domani sera si terrà una festa sulla spiaggia e ci saranno un sacco di persone. Ma nessun falò, a quanto pare.»

«Sono passati anni dall'ultimo falò» osservò Noah, che però sembrava poco interessato al discorso o distratto. «La polizia li ha vietati per via del rischio di incendi.»

«Sì, ma siamo a due passi dal mare...» obiettai.

Lui mi rivolse uno sguardo assente e poi si girò di nuovo verso Lee. «Allora? Cosa volevi dire?»

Lee addentò di nuovo il burrito, ma aspettò di deglutire prima di parlare. «Volevo dire che... domani c'è una festa e credo che Shelly e io dovremmo andarci.»

«Davvero?» Il mio cuore cominciò a battere all'impazzata e sgranai gli occhi. Non eravamo mai stati a una festa sulla spiaggia. Noah di tanto in tanto scompariva per una sera o due, ma June e Matthew (e mio padre, via telefono) non ci permettevano di accompagnarlo perché eravamo troppo piccoli. Senza contare che Noah non ci voleva tra le scatole.

L'estate dei nostri quattordici anni eravamo andati di nascosto a una festa anche se i genitori di Lee e mio padre ce l'avevano vietato. Volevamo perlopiù spiare Noah, ma non avevamo avuto molto successo: ci aveva beccato mentre lo seguivamo e aveva minacciato di chiamare sua madre e dirle dove eravamo. Una mossa infantile... che però aveva funzionato.

L'anno scorso, e forse anche quello prima ancora, probabilmente ci avrebbero dato il permesso, tuttavia noi avevamo smesso di chiederlo. Le feste erano una cosa di Noah; Lee e io preferivamo restare a casa a giocare ai videogame e a scherzare.

In quel momento, però, l'adrenalina cominciò a scorrermi nelle vene. «Davvero?» strillai. «Quest'anno parteciperemo a una festa sulla spiaggia! Una festa sulla...»

«Ehm...» mi interruppe Noah. «Non credo proprio.»

«Cosa?!» esclamammo in coro Lee e io, in preda alla confusione.

«Ma avete idea di cosa accada durante quei party?» disse.

Strinsi le labbra, fulminandolo con lo sguardo. Se

stava per trasformarsi di nuovo nell'idiota iperprotettivo di un tempo, io...

«E invece ci andiamo» dissi decisa.

«Elle...» sospirò, con un'espressione stanca che ignorai.

«No, ha ragione lei» intervenne Lee. «Io ci vado, e se ci vado io Shelly non può non venire. Ergo, ci andremo entrambi.» Resistetti alla tentazione di commentare con una frase tipo: "Ergo? Wow, Lee, che parolone!", perché ero troppo interessata a quello che stava dicendo. «E poi non puoi tenere sotto controllo dove va e cosa fa ogni singolo giorno.»

«Be', Instagram in realtà mi permette di farlo eccome» scherzò Noah, tornando però subito serio. «Dico davvero. Non siete mai stati a queste feste, quindi non sapete che a volte sono del tutto fuori controllo. Ci sono alcolici, ragazzi stupidi... la situazione può davvero sfuggire di mano in un attimo. Ho visto anche girare della droga, l'anno scorso. E non parlo di erba.»

«Oh, per favore!» sbuffò Lee. «Non ci lasceremmo mai coinvolgere in cose del genere.»

«Molte di queste feste diventano ingestibili in un istante, Lee. Io so badare a me stesso, però non so se si possa dire lo stesso di voi.»

«Non siamo dei bambini, Noah.»

«Ma se non conosci neppure i ragazzi che ti hanno invitato!»

«Certo che li conosco. A uno ho chiesto l'amicizia su Facebook.»

«Elle...» disse Noah, concentrandosi su di me. «Fai sul serio? Ci tieni proprio ad andare? Ragazzi, non so come dirvelo, ma non è il vostro ambiente e...»

«Non puoi decidere per lei» lo interruppe Lee.

«Ah, sì? Be', neppure tu.»

«Sono il suo migliore amico. E so prendermi cura di lei.»

«E io sono il suo ragazzo» obiettò Noah. «Sto solo cercando di proteggerla.»

A quel punto mi alzai e me ne andai, catturando la loro attenzione.

Lee urlò: «Shelly!» e Noah disse: «Elle?».

Continuai a camminare, allontanandomi dal nostro pic-nic sulla spiaggia. Poco dopo, però, mi bloccai e mi voltai verso di loro.

«Okay» dissi. «Senti, Noah, domani Lee e io andremo a quella festa, e nessuno dei due farà qualcosa di stupido. Staremo attenti. Apprezzo che entrambi vi preoccupiate per me, ma ho una notizia incredibile per voi: non ho bisogno che seguiate ogni mio spostamento o che mi facciate da baby-sitter. Sono stata chiara?»

Non avrei saputo dire chi dei due fosse più sorpreso da quel discorso. Ero stupita persino io, dato che le parole mi erano uscite di bocca prima che potessi fermarle.

Lee fu il primo a riscuotersi. «Scusami.»

«Va bene» si arrese Noah. «Ma promettetemi che ve ne andrete al primo segnale di pericolo. Tutti e due.»

Era carino da parte sua preoccuparsi anche per il fratello. Fino a pochi secondi prima ero stata pronta a litigare e a dirgli che si stava comportando da idiota, ma in quel momento capii che voleva solo proteggerci. Entrambi.

«Promesso» ribattei. «Giusto, Lee?»

Lui sbuffò ma disse: «Sì, promesso. Faremo attenzione».

Tornai a sedermi con loro e presi qualche patatina. Incrociai lo sguardo di Lee e gli sorrisi. «Ehi, amico... festa sulla spiaggia!»

Ricambiò il sorriso. «Festa sulla spiaggia!»

10

«Ci vediamo in città, okay?» disse Noah abbracciandomi. «Il tempo volerà, fidati di me.»

Sembrava che non volesse convincere soltanto me ma anche se stesso, così lo strinsi più forte e appoggiai la testa contro il suo petto.

Udii il rumore del bagagliaio che si chiudeva dopo che Matthew ebbe finito di caricare i bagagli in macchina.

Lee e June avevano già salutato Noah e Matthew ed erano sulla soglia in attesa che partissero, ormai da almeno dieci minuti. Il loro viaggio, comunque, non sarebbe durato a lungo.

«Sono sicuro che quel posto non mi piacerà» aggiunse Noah, cercando di tirarmi su di morale. «Non vedrò l'ora di tornare.»

«Ne dubito» mormorai contro la sua maglietta.

«Ma dài! Ci saranno un sacco di studenti che indossano gilet e giacche di tweed, non credo che diventeremo grandi amici.»

Risi per la battuta, ma non ero convinta e sospettavo che lui l'avesse capito. Ripiegai allora su un sorriso, che però mi sembrò più una smorfia. «Smettila» lo rimproverai. «Ti troverai benissimo.»

«Come no... Mi divertirò in mezzo a quei secchioni.»

Mi scostai quanto bastava per dargli una spinta al petto, ma sul mio viso comparve un accenno di sorriso, un sorriso sincero, stavolta. «Già... dimenticavo che sei spietato e pericoloso.»

«Certo che l'amore può rovinare la reputazione di un ragazzo, eh?» Mi diede il milionesimo bacio di quella mattina.

Se quell'estate le cose non fossero state tanto diverse, il fatto che si allontanasse per qualche giorno non mi avrebbe turbato così tanto. Potevo sopravvivere lontana da lui per un breve periodo, non era quello il problema.

Il problema era che mi sembrava sbagliato. Noah e suo padre sarebbero partiti prima di noi, e non era affatto giusto.

Nelle estati trascorse alla casa sulla spiaggia eravamo stati sempre tutti insieme, dimenticandoci per un po' della vita quotidiana. Non era previsto che quel periodo venisse bruscamente interrotto dalle visite ai campus universitari. Mi sembrava una cosa da... adulti.

Ripensai alla conversazione che avevamo avuto qualche giorno prima, al fatto che Noah pensava che non avrebbe passato altre estati in quella casa e che forse anche per noi quella si sarebbe rivelata l'ultima. Lee era convinto che le cose non sarebbero mai state diverse da così, eppure io non ne ero così sicura. Ormai la situazione era molto diversa... e temevo che cambiasse in peggio.

«Noah, dobbiamo andare.»

Ecco, appunto...

Mi si chiuse lo stomaco e avvertii un nodo in gola. Mi bruciavano gli occhi e sentivo che le lacrime non erano lontane. Avevo i palmi sudati e il fiato corto. Se reagivo così al fatto che Noah stesse andando a visitare il college, cosa sarebbe successo il fatidico giorno della partenza vera e propria?

Come leggendomi nel pensiero, lui mi scostò i capelli dal viso e mi posò le mani sulle guance, accarezzandole piano. I suoi occhi azzurri fissarono i miei con un'intensità tale da farmi chiedere a cosa stesse pensando *lui*.

«Stai attenta alla festa, okay?» mormorò.

Annuii. «Non ti preoccupare per me.»

«E invece mi preoccupo. E parecchio. Sei il tipo di persona per cui vale la pena preoccuparsi. Soprattutto perché sei goffa e perché il tuo amico Peter Pan è un pessimo esempio.»

Scoppiai a ridere e, quando incrociai di nuovo il suo sguardo, vidi che un sorriso gli increspava le labbra. «Starò attenta, davvero. E terrò d'occhio Lee.»

«Ottimo.» Mi baciò ancora sulla fronte.

«Divertiti in Massachusetts.»

«Mmm» replicò in tono poco convinto. «Ci proverò.»

Mi baciò un'ultima volta, rapidamente: non potevamo più ignorare lo sguardo dei suoi genitori e di suo fratello, che aspettavano che ci salutassimo. Ma, per quanto veloce, quel bacio mi fece venire un brivido lungo la schiena.

Osservai Noah per una manciata di secondi, in preda alla malinconia, e poi raggiunsi June e Lee sulla veranda.

Avevo sempre pensato che le coppie che si salutavano a lungo fossero patetiche; nemmeno il mio lato inguaribilmente romantico era mai riuscito ad apprezzare quelle scene drammatiche ed esagerate... Ora che però mi trovavo in quella situazione, capivo il motivo di tutte quelle smancerie: si rimandava il più possibile il momento dell'addio, cercando di posticipare il futuro e di guadagnare qualche istante in più con la persona amata.

Non appena fui accanto a lui, Lee mi prese la mano e la strinse forte. Anche se non stavo piangendo e le lacrime non mi rigavano il viso, intuì il peso che avevo sul cuore. Lo guardai con la coda dell'occhio e gli rivolsi un sorriso riconoscente. Sapere che Lee sarebbe sempre stato al mio fianco, qualsiasi cosa fosse accaduta, mi rassicurava.

«Chiama quando arrivi!» gridò June al marito mentre lui faceva retromarcia sul vialetto coperto di sabbia.

Matthew alzò una mano per dire di sì, ma dalla sua espressione mi sembrò che non l'avesse sentita davvero.

Quando il rumore del motore si spense dopo la curva che portava all'autostrada, June sospirò e tornò in casa.

Lee mi lasciò la mano. «Non sono preoccupato per te...» esclamò il mio migliore amico in tono lamentoso. «Come farò *io* quando Noah partirà sul serio e resterò da solo con te?»

Ridacchiai vedendo la sua espressione di finta disperazione. «Non temere, non sarò depressa e con il cuore spezzato. E poi stasera ci aspetta una festa!»

«Sì!» Tese una mano per darmi il cinque, ma la ritrasse senza lasciarmi il tempo di farlo. «Oh, no! Shelly, dimmi che non ti devo accompagnare a fare shopping.»

«Be'...» Scoppiai a ridere prima che alzasse gli occhi al cielo. «Scherzavo!»

«Per fortuna! In città ti accompagno sempre, ma ora siamo alla casa sulla spiaggia... Qui non c'è tempo per queste frivolezze.»

«Ehi!»

Rise anche lui e mi fece l'occhiolino. «Hai visto? Ti ho già tirato su il morale, nonostante il tuo cuore sia in mille pezzi.»

«Il mio cuore sta benissimo.»

«Certo, perché sei ancora nella fase della negazione.»

«Il mio cuore è tutto intero e non sto negando un bel niente. Rivedrò Noah tra un paio di giorni, non ho motivo di deprimermi.»

Mi rivolse uno sguardo scettico, poi tornò serio. «In ogni caso, Elle... Se mai dovesse spezzarti il cuore, puoi contare su di me.»

Gli sfiorai un braccio. «Sei il migliore amico che una ragazza possa desiderare.»

11

Non ci misi molto a prepararmi, pensando che una festa sulla spiaggia non richiedesse un look particolarmente elegante. Infilai un paio di shorts e una canottiera bianca e fui pronta in un attimo.

«Guarda che farà freddo» mi avvertì Lee.

«Giusto» replicai schioccando le dita. Afferrai dal cuscino la felpa grigia con il cappuccio e la zip e indossai i sandali. «Adesso sono davvero pronta.»

Lee, che era sdraiato sul letto a testa in giù, con i capelli che sfioravano il pavimento, si alzò. Portava dei pantaloni al ginocchio verde scuro, una semplice maglietta bianca e una felpa identica alla mia... Perché la mia era in realtà sua: era così comoda che gliela rubavo in continuazione, e alla fine lui ne aveva comprata un'altra. «Ci siamo» disse prendendomi sottobraccio.

«Quindi avete deciso di andare alla festa?» chiese June quando attraversammo il salotto per uscire dalla porta sul retro. La tv era accesa, ma lei era immersa nella lettura del giallo che la teneva occupata da qualche giorno.

«Sì» rispondemmo in coro.

«Allora divertitevi. Ma state attenti.» Ci aveva già ripetuto più volte di non accettare drink dagli sconosciuti, di non perdere di vista i nostri bicchieri, di bere con moderazione, di non avvicinarci troppo all'acqua, di tenere gli occhi aperti, di restare sempre insieme... Come se non fossimo mai stati a una festa. «A che ora pensate di tornare?»

«Non lo so» replicò Lee. «Direi verso mezzanotte, però non aspettarci in piedi.»

Lei ci rivolse un sorriso ironico. «Perché secondo te riuscirò a dormire, sapendo che siete a una festa?»

«Noah ci è andato per anni» puntualizzò Lee, e colsi una sfumatura di fastidio nella sua voce: perché sua madre non gli lasciava fare le stesse cose del fratello?

«E allora?» rise lei. «Non sono mai andata a letto prima che tornasse.»

Ci fu un istante di silenzio, poi Lee disse solo: «Ah».

«Non fate troppo tardi» si raccomandò June, di nuovo calata nei panni della madre severa.

Annuimmo entrambi. «D'accordo.»

«Divertitevi!» aggiunse, prima di tornare al romanzo e al caffè (che immaginai non fosse decaffeinato, dato che la aspettava una lunga serata).

«A dopo» rispondemmo, chiudendoci la porta alle spalle.

L'aria della sera era tiepida e il cielo privo di nuvole. Vedemmo le luci di un aereo e le stelle che brillavano, stagliandosi sul fondo scuro. Quell'immagine mi fece sorridere e mi venne voglia di girare su me stessa con lo sguardo fisso sul cielo sopra di noi. Mi accorsi che Lee mi stava sorridendo.

«Vai» mi incoraggiò, come leggendomi nel pensiero.

E così lo feci: ridendo, ruotai su me stessa con le braccia spalancate, percorrendo il sentiero sabbioso tra i cespugli finché non persi l'equilibrio e caddi in mezzo all'erba. Ridendo, Lee mi raggiunse e mi aiutò a rialzarmi.

Trovare la festa non fu difficile. Anche se erano appena passate le otto, in giro c'era un sacco di gente. Scorsi dei frigoriferi portatili e qualche piccolo falò. Qualcuno aveva disposto dei tronchi in cerchio e vidi che dei ragazzi li usavano per sedersi.

«E questo sarebbe il pericolosissimo rave in cui girano quintali di droga da cui tuo fratello ci ha detto di stare alla larga?» chiesi a bocca aperta guardandomi attorno. Per il momento, sembrava tutto molto tranquillo.

Avvicinandoci notai che quasi tutti i ragazzi erano un po' più grandi di noi, anche se ce n'era qualcuno della nostra età o anche più giovane.

«Vieni» dissi prendendo Lee per mano e trascinandolo verso una cassa piena di lattine di birra e ghiaccio.

«Cos'è successo alla tua promessa: "Non berrò nemmeno un goccio d'alcol, non ti preoccupare"?»

«Non l'ho mai detto. Ho detto che non mi sarei *ubriacata*, è una cosa diversa.» Mi chinai e presi due lattine dal ghiaccio che cominciava già a sciogliersi, porgendone una a Lee.

«Ehi, Lee! Sei venuto!» Ci voltammo e vedemmo un tipo che camminava verso di noi.

«Ciao!» replicò lui, lanciandosi nello strano abbraccio che si scambiano i ragazzi. «Lei è l'amica di cui ti ho parlato, Elle. Elle, ti presento Kory.»

Bevvi un sorso di birra. «Piacere.»

«Vedo che avete già preso da bere... Venite, vi presento un po' di gente» esclamò Kory.

I suoi amici dovevano frequentare il primo o il secondo anno di università. Per un po' ricordai come si chiamassero, ma dopo mezz'ora non riuscii più a collegare le facce ai nomi.

A un certo punto, mentre chiacchieravamo con

loro, Lee mi posò un braccio sulle spalle e finì la sua birra. «Vado a prendere qualcos'altro da bere, tu vuoi qualcosa?»

«No, sono a posto così.»

Mi arruffò i capelli e si allontanò, seguito da uno dei ragazzi. Una tizia del gruppo, Jess, li osservò per tre secondi prima di chiedermi: «Allora, voi due state insieme o...».

«Cosa?!» esclamai. «Ma figurati! Non dirai sul serio.»

«Be', sembrate piuttosto legati.»

Scoppiai a ridere. «Sì, ma siamo solo amici. Non uscirei mai con lui... mai e poi mai.»

«Tante storie d'amore nascono da un'amicizia» intervenne un ragazzo di cui avevo già scordato il nome. «Tutte le migliori commedie romantiche cominciano così.»

Alzai gli occhi al cielo. «Il discorso non vale per me e Lee, fidati.»

Non ero abituata a dover spiegare il rapporto che mi legava a lui. I nostri compagni di scuola sapevano che eravamo sempre stati inseparabili, che lui per me era come un fratello. Non mi ero mai chiesta che idea potesse farsi un estraneo.

Stavo ancora ridendo quando Lee tornò da noi.

12

Era tardi e un po' di ragazzi se n'erano andati. Le scorte di alcolici erano quasi finite, così come l'euforia che avevano generato.

«Okay» disse Kory, alzandosi da terra. Si passò una mano tra i capelli per togliere la sabbia. «La situazione sta diventando noiosa. Venite con me.»

Ci alzammo anche noi e lo seguimmo. Superammo alcuni gruppi di ragazzi e raggiungemmo un piccolo falò poco distante. Ci sedemmo sui tronchi attorno al fuoco, che si stava spegnendo.

Dopo aver ravvivato le fiamme con qualche pezzo di legno trovato lì attorno, un tizio di nome Miles propose: «Giochiamo a *Obbligo o verità?*».

«Certo!» esclamarono tutti in coro.

Mi sistemai meglio sul tronco e presi Lee sottobraccio. Per fortuna mi aveva ricordato di portare la felpa, perché l'aria si era rinfrescata.

«Comincio io!» disse Jess allegramente. «Mmm... Mary! Obbligo o verità?»

«Verità.»

«Qual è stato il momento più imbarazzante della tua vita? Voglio tutti i dettagli.»

Le guance di Mary avvamparono. «Okay. Oh, ti odio! Va bene... Allora, il primo anno di liceo, un ragazzo mi ha fatto inciampare in mensa. E così... ho rovesciato il vassoio con il pranzo sul capitano delle cheerleader.»

«C'è dell'altro» ridacchiò Jess. «Vai avanti.»

Mary le lanciò un'occhiataccia, ma stava sorridendo. «Cadendo, mi si sono strappati i pantaloni sul sedere.»

Calò il silenzio per un istante, poi tutti scoppiarono a ridere.

«Oddio» dissi senza fiato. «Dici davvero?»

«Purtroppo sì. Adesso tocca a me» ribatté Mary. «Jess, mi vendicherò più tardi. Allora, chi potrei... Miles!»

«Eccomi.»

«Obbligo o verità?»

«Obbligo.»

«Ti obbligo a... Oh, non sono brava con le sfide! Aiutatemi.»

«Io ne ho una» intervenne un ragazzo di nome Hunter. «Vedi quei tizi laggiù?» Puntò un dito e guardammo tutti in quella direzione. Miles annuì. «Devi tirare giù i pantaloni a uno di loro.»

Miles sgranò gli occhi. «Ma sono giganteschi!»

Hunter si strinse nelle spalle. «Sì, ma probabilmente sono ubriachi.»

L'amico sospirò. «Se torno con un occhio nero, la pagherai cara.»

Lo osservammo mentre si dirigeva verso i ragazzi. Continuava a guardarsi alle spalle, come aspettandosi che gli dicessimo di fermarsi. Ma nessuno parlò e il gruppo di sconosciuti non si accorse di lui.

In un attimo, con un gesto rapidissimo, Miles abbassò i pantaloni del tizio più vicino a lui. Si girò subito e correndo verso il nostro falò inciampò, atterrò di faccia nella sabbia e fece una specie di capriola. Mi allarmai, chiedendomi se si fosse fatto male.

Si rialzò dopo un secondo e riprese a correre per tornare da noi. La sua vittima, con i pantaloni alle caviglie, era troppo sorpreso o sbronzo per tirarli su e inseguirlo. Scoppiai a ridere e Lee cadde dal tronco, piegato in due dalle risate. Quando Miles crollò sulla sabbia, avevamo tutti le lacrime agli occhi.

«Tocca… a me» ansimò. «Nathan, obbligo o verità?»

Il gioco proseguì. Quando ci lanciammo sulle scorte di cibo portate da Jess, Lee fu sfidato a infilarsi più marshmallow possibili in bocca (quattordici, per la cronaca). Io scelsi verità e dovetti confessare a chi avessi dato il mio primo bacio, ma mi divertii: non avevo problemi a parlare di cose intime, anche se imbarazzanti, con quei ragazzi. In fondo non li avrei mai più rivisti, quindi non c'era motivo di vergognarsi.

Andò tutto alla grande finché Hunter mi chiese: «Obbligo o verità?».

Senza pensarci, risposi: «Obbligo! Anzi, no! No, aspetta, verità!».

«Troppo tardi» disse Kory con un fastidioso tono cantilenante. «La prima risposta è quella che conta.»

«Ti obbligo...» riprese Hunter «a fare il bagno nuda.»

Battei le palpebre. Due volte. Poi esclamai: «Eh?».

«Il bagno. Nuda. Nell'oceano» precisò.

Mi guardai attorno e scrutai il mare. Era scuro quanto il cielo, e riuscii a distinguerlo solo grazie alla schiuma bianca delle onde. «Ehm...» dissi, giocherellando con la cerniera della felpa. «No, grazie.» Era buio pesto, senza contare che l'acqua doveva essere ghiacciata. E comunque non avevo alcuna intenzione di fare il bagno nuda. Ci avevo già provato una volta, a una festa organizzata da Lee e Noah, dopo aver bevuto troppo. Ed era stato il momento più imbarazzante della mia vita.

«Scordatelo» intervenne Lee. «E se affogasse? Sei davvero un idiota, sai?»

Hunter lo fulminò con lo sguardo. «Che ti prende? Non è niente di strano, e poi lo fanno tutti.»

Lee scosse la testa. «Wow» sbuffò. «Sei persino più stupido di quanto credessi.»

L'altro scattò in piedi e il mio amico lo imitò subito. Restarono a fissarsi per qualche secondo.

«Ehi, non ho bisogno di un vice di Noah» sussurrai per farmi sentire solo da Lee, visto che sul gruppo era calato il silenzio. «Quello vero basta e avanza.»

Un'espressione a metà tra la voglia di ridere per la mia battuta e il fastidio gli attraversò il viso: era combattuto, ma si sforzò di rimanere concentrato su Hunter.

«Va bene» esclamò lui, risedendosi. «Ti offro un'alternativa.»

«Sentiamo» replicai.

«Devi baciarlo» si affrettò a dire Jess, senza dare a Hunter il tempo di aprire bocca.

«Che cosa?!» strillai, girandomi di colpo verso di lui. «Stai scherzando. Assolutamente no.»

«Non parlo di Hunter… ma di Lee.»

«Eh?» esclamammo in coro Lee e io.

«Okay, stai davvero scherzando» aggiunsi.

«No, fa sul serio» intervenne Nathan scuotendo la testa. «L'alternativa è baciare Lee» disse sorridendo.

«Ma io cosa c'entro?» chiese il mio migliore amico.

«Un attimo fa non vedevi l'ora di difenderla, no?» borbottò Hunter.

«Sì, ma...» iniziai.

«Ho una ragazza» spiegò Lee. «Non posso...»

«E io sto con un ragazzo.»

«E allora?» Kory si strinse nelle spalle. «Non vedo nessuno dei due qui, giusto? Ed è solo un gioco, del tutto innocente. Nessuno lo verrà mai a sapere.»

«Ma dice sul serio?» chiese Lee senza rivolgersi a qualcuno in particolare.

«Dovevi proprio farlo?» gemetti, voltandomi verso Jess. «Perché?»

Lei inarcò un sopracciglio. «Preferivi che fosse Hunter a scegliere un'alternativa?»

«No, forse no» mormorai. «Però...»

«Te l'ho detto, sembrate molto legati. Non ci avete mai nemmeno provato?»

«No, perché...»

«Be', non saprete cosa c'è tra voi finché non ci avrete provato. Se scoprirete che è vero amore, mi aspetto almeno un "grazie".» Poi alzò la voce per farsi sentire da tutti. «Su, non tiratevi indietro. Non stiamo nella pelle, la tensione è alle stelle eccetera.»

Guardai Lee.

«Ehm...» disse lui.

«Ehm» ripetei.

Osservai la sua faccia e capii che stava pensando quello che stavo pensando io: *Nemmeno per sogno.* Non potevo baciarlo, era troppo...

«Ecco fatto.»

Durò meno di un battito di ciglia. Le sue labbra mi sfiorarono la guancia per un'infinitesimale frazione di secondo.

«No, non vale!» gridò Damien. «È stato il tipo di bacio che si dà alla nonna. Un po' di coraggio, su.»

L'intero gruppo cominciò a incitarci, battendosi le mani sulle gambe e urlando.

Non avrei potuto baciare Lee nemmeno se fossimo stati entrambi single. E se, facendolo, avessimo rovinato per sempre il nostro rapporto? Se le cose tra noi fossero diventate strane? E, comunque, stavamo tutti e due con qualcun altro. Di solito non mi tiravo indietro davanti alle sfide, ma quella era diversa. Non volevo baciare nessuno che non fosse Noah, soprattutto non a causa di uno stupido gioco, per accontentare gente che non avevo mai visto in vita mia.

Ed ero sicura che Lee fosse del mio stesso parere.

Lo sentii sospirare e, dato che era seduto accanto a me, il suo fiato mi sfiorò il viso, facendomi venire un brivido.

«Be'» mormorò. «Nessuno potrà dire che non ci abbiamo provato.»

Oddio, sta per baciarmi, fu l'unico pensiero che riuscii a formulare.

13

Il mio primo bacio era stato con Noah, nella kissing booth. Le sue labbra sapevano di menta e zucchero filato, e io mi ero lasciata prendere dal panico perché era la mia prima esperienza. Da allora avevo fatto un bel po' di pratica, certo, ma Noah restava l'unico ragazzo che avessi mai baciato.

Baciando Lee avrei sentito il sapore di marshmallow e birra. Avevo gli occhi chiusi e la bocca serrata. Ero sicurissima che mi avrebbe baciato... ma non lo fece. Aprii gli occhi con cautela e lo vidi davanti a me, con la mia stessa espressione confusa.

«No, è troppo strano» disse.

Intorno a noi, i ragazzi ripresero a gridare: «Un bacio, uno solo! Avanti!».

«Da vicino la tua faccia è strana» aggiunse Lee.

«Anche la tua. E hai una caccola che ti spunta dal naso» lo avvisai.

«E tu hai un brufolo sotto il naso.»

Anziché baciarmi, allungò una mano per schiacciarmi il foruncolo. Sapevo che stava solo scherzando, ma strillai e mi dimenai per allontanarmi... dandogli inavvertitamente una testata.

«Ahia!» esclamò scostandosi. «Shelly!»

«È stata tutta colpa tua!»

Si lanciò contro di me, facendomi cadere a terra. Si sedette sulle mie gambe e mi immobilizzò le braccia.

«Lasciami, ho i capelli pieni di sabbia!» Mi agitai, cercando di liberarmi dalla sua presa. «Sei troppo pesante!»

«Te la sei cercata!»

«Lee!»

«Elle!» esclamò con voce acuta, prendendomi in giro. Mi accigliai ma mi fermai, perché i miei sforzi erano del tutto inutili. Lee si piegò per sussurrarmi qualcosa all'orecchio. «È una mia impressione o baciarci sarebbe stato stranissimo?»

Scoppiai a ridere. «No, non è una tua impressione» mormorai.

Ridacchiò anche lui; sembrava sollevato quanto me. Oltre che strano, baciare il fratello del mio ragazzo avrebbe significato compiere un errore imperdonabile ...

«Lee?»

«Che c'è?»

«Mi stai schiacciando.»

«Okay, limitiamo il contatto fisico.» Mi fece l'occhiolino, si alzò e mi tese una mano. «Torniamo a casa?»

Felice che me l'avesse chiesto, annuii. La festa, ormai, non era più così divertente e mi era passata la voglia di giocare a *Obbligo o verità*.

«Ce ne andiamo» annunciò Lee. «Dopo questo bacio supersexy non riusciamo a non saltarci addosso. Meglio trovarci un posto appartato...»

Io sbuffai e alcuni ragazzi del gruppo vennero a salutarci, dicendo che ci aspettavano alla festa successiva. Lee e io salutammo gli altri con un cenno della mano e ci avviammo lungo la spiaggia. Lo presi sottobraccio e posai la testa sulla sua spalla.

La sola idea che Lee e io potessimo baciarci era assurda, ma in un certo senso ero felice che i ragazzi ci avessero sfidato a farlo. Ormai avevo la certezza assoluta che tra noi non ci sarebbe mai stato nulla di romantico. E ne ero felice. Volevo che le cose tra noi restassero com'erano sempre state, seppur tra alti e bassi ed eventuali litigi. Avevamo superato insieme ben diciassette anni della nostra vita; chi dubitava che un giorno saremmo stati ancora amici, o che ci saremmo sempre interrogati sulla natura del nostro rapporto, non ci conosceva affatto.

La sera seguente sarebbe stata l'ultima alla casa sulla spiaggia, e così cenammo con gli avanzi... ovvero insalata e gelato. Lee, June e io riordinammo e pulimmo la casa prima di andare a fare i bagagli. Preparare la valigia per la partenza era sempre stato un incubo. E non mi piaceva neppure farla prima del rientro. Mi deprimeva ogni anno, ma quella volta fu persino peggio del solito. Oltre alla malinconia che provavo guardando la nostra stanza vuota e con le tende tirate, e al dispiacere per l'ultima notte che avremmo trascorso lì, mi sentivo molto sola, anche perché Noah e suo padre non c'erano.

Lee e io avevamo promesso di tornare ogni estate, ma in quel momento capii l'amara verità: non era detto che gli altri sarebbero tornati con noi. Era un pensiero davvero terribile, anche se probabilmente era stupido piangere per quel motivo. Sapevo che si trattava di una semplice casa, eppure desideravo che rimanesse un punto fisso, sempre identico a se stesso.

E in realtà era molto più di una casa: era il luogo dove avevo passato tutte le estati della mia infanzia. Era il posto in cui Noah e Lee in fondo andavano d'accordo, malgrado i malintesi e le discussioni. Era dove potevamo comportarci da bambini, divertirci senza pensare a nulla.

«È un vero strazio» commentò Lee a bassa voce.

Mi dava le spalle e stava cercando di infilare un paio di scarpe nella valigia strapiena. A giudicare dal suo tono, però, sembrava sull'orlo delle lacrime. «Partire, intendo. Odio andarmene.»

«Ti capisco.»

«È stupido essere così tristi, in fondo tra un anno saremo di nuovo qui.»

«Lo so, però non sarà lo stesso e lo sai anche tu. Soprattutto se Noah non verrà. E poi di lì a poco partiremo per il college...»

«Ehi, cos'è successo alla nostra promessa? A dieci anni abbiamo promesso che saremmo tornati sempre qui, e adesso vuoi tirarti indietro? Shelly, sai meglio di chiunque altro che le promesse sono sacre.»

Ridacchiai, ma avevo un nodo in gola. «Sai cosa voglio dire.»

«Immagino di sì.» Sospirò. «Che brutta situazione.»

«Già.»

Dopo qualche minuto Lee mi abbracciò da dietro, posando il mento sulla mia spalla. Aspettai un paio di secondi, poi mi voltai e lo strinsi, nascondendo il viso contro il suo petto. Restammo così per un po', in silenzio e aggrappati l'uno all'altra.

Doveva essere turbato quanto me; lo conoscevo bene e sapevo che le parole di Noah sul diventare grandi gli erano rimaste impresse. E sapevo anche

che non avrebbe tirato di nuovo fuori il discorso. In quel momento, avevamo solo bisogno di un abbraccio.

Quando ci staccammo, il nostro mondo ci sembrò un po' più caldo e luminoso. L'idea che forse quella si sarebbe rivelata l'ultima estate tutti insieme ora mi rattristava meno.

Perché le cose cambiavano e sì, dovevamo crescere. Eppure, in quell'istante, le mie preoccupazioni – cosa sarebbe accaduto tra me e Noah, l'università, il futuro in generale – mi apparvero meno importanti. Avrei affrontato tutti quei problemi, ma più avanti. Di sicuro, non nella casa sulla spiaggia.

«Dove stiamo andando?» mi chiese Lee quando lo trascinai fuori dalla stanza senza dire una parola.

Non gli risposi.

«Shelly» insistette lui.

«Aspetta e vedrai» dissi soltanto, con un sorriso a trentadue denti. Mi tolsi le infradito e Lee mi imitò. Indossava dei vecchi pantaloni della tuta e una maglietta, mentre io ero vestita con i soliti shorts e canottiera. «Pronto?» domandai.

A quel punto aveva capito cosa avessi in mente e all'improvviso, tenendoci per mano, cominciammo a correre, sbattendo l'uno contro l'altra e contro le pareti, finché non fummo all'esterno, davanti alla piscina. Il sorriso di Lee era raggiante quasi quanto il mio e i suoi occhi brillavano. Un attimo prima di lanciarci, Lee mi fece fermare sul bordo della vasca.

«Sono pronto.» Mi fece l'occhiolino e mi strinse forte la mano.

Intrecciai le dita alle sue. «Tre… due…»

E poi, nello stesso istante, ridendo perché in quel momento non avevamo una sola preoccupazione al mondo, gridammo con tutto il fiato che avevamo in corpo: «Tuffo a bomba!». Schizzando ovunque, saltammo in acqua.

Le avventure di Rochelle, Noah
e Lee continuano!

È in arrivo il nuovo romanzo
della serie di THE KISSING BOOTH.
Leggi il primo capitolo in anteprima!

1

«Oggi comincia l'ultimo anno!»

Dopo aver chiuso la portiera alle mie spalle, piegai la testa all'indietro e chiusi gli occhi, inspirando a fondo. Il sole mi accarezzava le guance e un sorriso mi increspava le labbra. Sentii il profumo dell'erba appena tagliata e nell'aria echeggiavano le chiacchiere degli studenti che attraversavano il parcheggio di corsa per rivedere i compagni dopo l'estate.

Tutti si lamentavano sempre di quanto detestassero il primo giorno di scuola, ma sospettavo che in realtà lo adorassero.

Un nuovo anno scolastico significava nuovi inizi. Era un po' assurdo, dato che si trattava sempre del solito liceo, ma era una sensazione molto forte.

Aprii gli occhi e mi voltai verso Lee, che mi sorrise. Anche se era lunedì mattina, ero allegra. «Sono pronta per l'ultimo anno» gli dissi ricambiando il sorriso.

In fin dei conti era davvero emozionante. Un sacco di gente sosteneva che all'università si vivessero gli anni migliori della propria vita, ma il college era decisamente più impegnativo del liceo, anche se prometteva molta più libertà. Lee e io eravamo sicuri che quell'anno ci saremmo divertiti un mondo, prima di assumerci delle nuove responsabilità.

Feci il giro dell'auto per appoggiarmi sul cofano accanto a Lee. Teneva tantissimo a quella macchina, la Mustang del '65 che trattava come una reliquia: la carrozzeria, come sempre, era tirata a lucido.

«Non riesco a credere che questo momento sia finalmente arrivato. Insomma, oggi per noi è l'ultimo primo giorno di liceo. L'anno prossimo saremo al college...»

Lee sbuffò. «Non me lo ricordare. Prima che uscissi mia madre me ne ha parlato, con le lacrime agli occhi. Non voglio nemmeno *pensare* all'università.»

«Brutte notizie, amico mio. Dovrai farlo, perché stiamo diventando grandi.»

Le domande di iscrizione al college mettevano ansia anche a me; durante l'estate mi ero sforzata di scrivere il saggio di presentazione, ma con scarsi risultati.

Non riuscivo a prendere in considerazione l'eventualità che Lee e io finissimo in due università diverse, che lui venisse accettato in un college e io in un altro, che trascorressimo lontani l'anno seguente. Avevamo sempre condiviso tutto, e non sapevo proprio cos'avrei fatto senza di lui.

«Già, così pare» disse Lee, strappandomi a quelle riflessioni. «Senti, non hai intenzione di lanciarti in discorsi edificanti sul futuro, vero? Nel caso avvisami, così ti lascio da sola con i tuoi pensieri e vado a salutare gli altri.»

Gli diedi una spallata. «Okay, basta con i discorsi sull'università. Promesso.»

«Grazie mille.»

«Parlando degli altri... Cam ti ha detto qualcosa del suo nuovo vicino?»

«L'avevo quasi dimenticato.»

La settimana precedente Cam, uno dei nostri più cari amici fin dai tempi delle elementari, ci aveva detto che un ragazzo si era trasferito nella casa di fronte alla sua. Dato che era nostro coetaneo, i genitori di Cam gli avevano suggerito di prenderlo sotto la sua ala e presentarcelo... A giudicare dal tono con cui ce l'aveva raccontato, immaginavo che più di un consiglio si fosse trattato di un ultimatum.

«Se non sbaglio viene da Detroit» proseguì Lee. «E si chiama Levi, come la marca di jeans. Non ho altre informazioni, però, e credo che nemmeno Cam ne sappia granché.» Si allontanò dal cofano della Mustang. «Spero solo che non sia antipatico, dato che abbiamo promesso a Cam di aiutarlo a inserirsi. Di aiutare Levi, voglio dire.»

«Sì, ho capito» risposi, anche se ero concentrata sul telefono che mi stava squillando tra le mani.

Lee sbirciò il display e sospirò. Stavo per rivolgergli un sorriso di scuse, ma lui alzò gli occhi al cielo, si sistemò lo zaino in spalla e si allontanò. «Niente sesso telefonico, Shelly. Siamo a scuola, comportati bene» esclamò.

«Come se tu e Rachel non vi foste mai nascosti nel ripostiglio del bidello!» replicai.

Lui si limitò a farmi un cenno, senza girarsi.

Risposi al telefono. «Ciao, Noah.»

Noah, il fratello maggiore di Lee, era uno dei motivi per cui non avevo fatto grandi progressi con la domanda di ammissione al college: la primavera precedente ci eravamo frequentati di nascosto per un paio di mesi (e, come prevedibile, era stato un disastro, dato che Lee ci aveva sorpreso a baciarci), ma poi eravamo diventati una coppia a tutti gli effetti e avevamo trascorso insieme più tempo possibile durante l'estate. In quel momento si trovava dall'altra parte del paese, ad Harvard, per frequentare l'università.

Era partito da un paio di settimane e non riuscivo a capacitarmi di quanto sentissi la sua mancanza. Come avrei fatto a resistere senza di lui fino a fine novembre, quando sarebbe tornato per il Ringraziamento?

«Ehi, come stai?»

«Tutto bene. Emozionata per l'inizio dell'ultimo anno. Come va all'università?»

«Be', non è cambiato molto dalla nostra telefonata di ieri sera. Stamattina sono andato alla prima lezione. Matematica, molto interessante... Equazioni differenziali del secondo ordine.»

«Non ho la minima idea di cosa siano, e forse non voglio neppure scoprirlo.»

Noah scoppiò a ridere, una risata rauca e sommessa che mi colpì dritto al cuore. In realtà quasi tutto di lui mi colpiva al cuore, mi faceva tremare le ginocchia o venire le farfalle nello stomaco. Ero innamorata persa, sembravo il personaggio di una commedia romantica. Ed era fantastico.

La sua risata mi mancava quanto la sensazione delle sue braccia intorno a me o delle sue labbra sulle mie. Ci sentivamo di continuo: messaggi, videochiamate, le classiche telefonate... eppure non era la stessa cosa. E stavo attenta a non mostrargli troppo quanta nostalgia provassi, per paura di sembrare eccessivamente appiccicosa. Non ero una grande esperta di rapporti sentimentali, soprattutto a distanza.

«Sei proprio un nerd» esclamai.

Non l'avevo mai visto sotto quella luce. Era indubbiamente intelligente (pochi giorni prima sua madre mi aveva detto che aveva una media scolastica altissima; sapevo che era sveglio, ma non immaginavo che lo fosse fino a quel punto) e per poco non era stato tra gli studenti migliori del suo anno, però aveva una reputazione da *bad boy*. Prima di mettermi con lui non avevo mai pensato che, dietro a quella facciata da duro, ci fosse un ragazzo a cui piacevano cose come le equazioni differenziali... di qualsiasi cosa si trattasse.

«Shhh, qualcuno potrebbe sentirti.» Capii che stava sorridendo dal tono della sua voce. «Comunque, basta parlare di me. Ieri sera ti ho annoiato per un'ora con l'università. Volevo soltanto augurarti in bocca al lupo per il primo giorno dell'ultimo anno di liceo.»

Sorrisi, anche se non poteva vedermi. «Grazie, è molto carino da parte tua.»

«Allora, come ci si sente a essere i più vecchi della scuola?»

«Mi fa un po' paura e mi confonde, però... è emozionante. Sto cercando di tenere a bada l'ansia legata al college.»

«Terribile, eh?»

«Sì, pensarci mi dà l'impressione di essere adulta,

anche se mi sento tutto fuorché matura. Insomma, ieri sera ho pregato il mio fratellino di uccidere un ragno in camera mia.»

«Lascia stare, l'altro giorno in lavanderia ho dovuto chiedere come si usa l'asciugatrice... Mi sono sentito un idiota.»

«Non avevi mai fatto una lavatrice?!»

«Sai benissimo che mia madre è fissata con il bucato, Shelly.»

Aveva ragione; una volta June aveva detto a Lee di stendere delle lenzuola perché doveva uscire ma, quand'era tornata, aveva rifatto tutto da capo. Non gli aveva più chiesto di stendere.

«E comunque non credo che i quattro orsacchiotti di peluche che tieni sul letto ti aiutino a sentirti adulta.»

«Sono sicura che anche al college ci sono delle ragazze... e magari anche dei ragazzi... che hanno un peluche sul letto.»

«Forse, ma non quattro.»

«Ehi, lascia stare Mr Wiggles» dissi mettendo il broncio. «E poi senti chi parla! Quello con i boxer di Superman!»

Prima che Noah potesse ribattere sentii dei rumori, come se qualcuno stesse bussando a una porta vicino a lui. Noah sospirò. «Devo andare. In camera c'era Steve e così mi sono chiuso in bagno per chiamarti, per avere un po' di privacy...»

«Flynn! Dài, sbrigati, devo pisciare!» gridò Steve, il suo compagno di stanza. La sua voce era attutita dalla porta del bagno.

«Meglio che vada anch'io. I ragazzi ormai saranno arrivati e abbiamo promesso di conoscere il nuovo vicino di Cam per aiutarlo ad ambientarsi.»

«Il tizio di Detroit? Gap?»

«Levi.»

«E io cos'ho detto? Be', buona fortuna. E di' a Lee che faccio il tifo per lui alle selezioni della squadra di football. Gli ho scritto un messaggio, ma non mi ha risposto.»

Steve colpì la porta più forte. «Flynn! Muoviti!»

«Buon ultimo primo giorno» sussurrò Noah.

«Grazie. Ti amo.»

«Ti amo anch'io.»

Mi sembrò di vedere la fossetta sulla guancia che accompagnava i suoi sorrisi più sinceri. Restammo in linea per qualche altro secondo, in silenzio, ad ascoltare l'uno il respiro dell'altra. Poi allontanai il cellulare dall'orecchio e chiusi la chiamata. Mi assicurai di aver tolto la suoneria prima di metterlo nella borsa a tracolla; finì subito sul fondo, sotto i quaderni nuovi di zecca e il necessario per affrontare la giornata (una spazzola per capelli, una barretta di cioccolato, un assorbente e degli auricolari decisamente ingarbugliati).

«Ehi, Elle! Siamo qui!»

Mi alzai sulle punte dei piedi e mi guardai attorno sentendo il mio nome. Dixon era a pochi metri di distanza, insieme a Lee e a un altro amico, Warren; mi salutò con la mano e ricambiai il gesto mentre mi avvicinavo.

Mi infilai tra due macchine ma, mentre superavo una Toyota verde che non avevo mai visto, la portiera del guidatore si aprì, colpendomi a un fianco e facendomi sbattere contro la Ford alle mie spalle.

Trattenni il respiro, in attesa che partisse l'allarme della Ford... Ed espirai quando non scattò.

E così anche quest'anno sarò la ragazza più imbranata della scuola... Un ottimo nuovo inizio, non c'è che dire.

«Oh, merda. Scusa, mi dispiace un sacco, non ti ho visto!»

«Non ti preoccupare, è stata colpa mia» dissi scostandomi i capelli dal viso prima di guardare chi avessi di fronte. Non lo conoscevo: era un ragazzo slanciato ma non molto più alto di me, che portava occhiali dalle lenti così scure da permettermi di specchiarmi. Li spostò sui capelli ricci e castani con la mano libera; l'altra, lungo il corpo, stringeva uno zaino.

Aveva dei begli occhi verdi, amichevoli. Dovetti socchiudere un po' le palpebre perché era controluce. Lui se ne accorse e si spostò appena, permettendomi di vederlo meglio. «Stai bene? Ti ho fatto male? Mi dispiace tantissimo...»

«Non ti preoccupare, davvero. Sono tutta intera.» Sorrisi per risultare più convincente, anche se il fianco mi faceva un po' male.

Sentii la portiera del passeggero aprirsi e guardai in quella direzione. Dall'auto scese Cam, con il solito ciuffo di capelli biondi e lo zaino azzurro che aveva da anni. Mi rivolse un gran sorriso. «Perché non sono stupito? Ti ho detto mille volte di guardare dove metti i piedi.»

Gli feci una smorfia prima di voltarmi verso il ragazzo con gli occhiali da sole. Stavo per dire: «Tu devi essere Levi», ma Cam non me ne diede il tempo.

«Meglio che vi presenti. Elle, lui è Levi. Levi, ecco la mia amica Elle.»

«Piacere di conoscerti» disse con un cenno della mano. Sorrise e mi chiesi se si fosse sbiancato i denti.

«Piacere mio. Scusa per... l'incidente. Quando Cam ci ha detto che ci avrebbe presentato il suo nuovo vicino, non pensavo avrei fatto subito una figuraccia.»

Il suo sorriso si allargò. «Sei sempre così goffa o è solo una giornata storta?»

«È un disastro» intervenne Cam, con un tono che mi sembrò un po' irritato. Era agitato per qualche motivo o Lee non gli stava particolarmente simpatico?

Intuendo che qualcosa non andava, cambiai subito discorso: «Dixon è laggiù con gli altri».

«Perfetto.» Cam si avviò verso di loro, mentre Lee rimase dov'era.

«Vieni a conoscere i ragazzi» lo invitai.

Dopo le presentazioni, Levi chiese qualche informazione sugli sport praticati nella nostra scuola, dato che a Detroit aveva fatto parte della squadra di lacrosse. Presi da parte Cam con discrezione.

«Che succede tra voi due?» domandai a bassa voce. «Forse non sono affari miei, ma ho l'impressione che... be', che Levi non ti piaccia un granché.»

L'espressione corrucciata di Cam si tinse di imbarazzo. «Non è che non mi piaccia... è solo che non lo conosco ancora bene» borbottò. «Non ho voglia di dover seguire il nuovo arrivato. Mi sembra di essere obbligato a evitare le battute sarcastiche e di dover essere ipergentile con lui.»

«Non ti preoccupare, ha l'aria simpatica. Però cerca di non fare la faccia di mio fratello Brad quando papà gli dice di mangiare le verdure.»

«Facile per te dirlo» ribatté. «Quel tizio guida come un pazzo e la mia macchina è ancora dal meccanico.»

«Forse dovrei ricordarti di quella volta in cui sei andato a sbattere contro un palo...»

«No, ti prego.» Ma sorrise e io lo imitai.

Mentre Lee discuteva di football con Warren e Levi, la sua spalla sfiorò la mia. I nostri sguardi si incrociarono e pensai: *Ultimo anno, a noi due.*

Indice

ULTIMI VOLUMI PUBBLICATI

J. Lorente, *A proposito della tua bocca*
Eigei, *Il tempo è una vertigine*
F. Sangalli, F. Bozzetti, *L'imprevedibile movimento dei sogni*
S. Perkins, *Cosa resta dell'estate*
S. Shepard, *The perfectionists*
L. Bizzaglia, *Abbi cura di splendere*
J. Rothenberg, *The kingdom*
C.H. Parenti, *Un intero attimo di beatitudin*e
R.M. Romero, *Il fabbricante di sogni*
Blue Jeans, *La ragazza invisibile*
E. Lockhart, *Le ragazze non possono entrare*
L. Flanagan, *L'estate di Eden*
C. Ahern, *Flawed. Il momento della scelta*
J. Buxbaum, *La teoria imperfetta dell'amore*
K. McGarry, *Ogni nostro segreto*
J. Klein, *No Filter*

T. Banghart, *Iron Flowers*
B. Reekles, *Kissing Booth*
P. Zannoner, *Rolling Star. Come una stella che rotola*
L. Ballerini, *Ogni attimo è nostro*
J. Segel, K. Miller, *Otherworld*
A. Ferrari, *Le ragazze non hanno paura*
A. Day, *The Fandom*
D. Paige, *La ladra di neve*
C. Delevingne, *Mirror, Mirror*
L. Facchi, *Il giglio d'oro*
C. Crowley, *Io e te come un romanzo*
H. Fitzpatrick, *Un cattivo ragazzo come te*
L. Patrignani, *Time Deal*
R. Graudin, *Wolf. Il giorno della vendetta*
J. Klein, *Playlist*
K. McGarry, *Un cuore bugiardo*
D. Pearl, *Ruin Me*
L. Rubin, *Birthdate*
P. Zannoner, *L'ultimo faro*
J. Niven, *L'universo nei tuoi occhi*
A. Royer, *Ricordati di dimenticare*
J. McNelly, *Le ragazze vogliono la luna*
A. Plum, *If I Should Die*
G. Moldavsky, *The Boy Band*
C. Ahern, *Flawed*
D. Reinhardt, *Il Club delle Seconde Occasioni*
S. Young, *The Recovery*

S. Young, *The Treatment*
J. Buxbaum, *Dimmi tre segreti*
M. Bedford, *Tutta la verità su Gloria Ellis*
K. McGarry, *Una sfida come te*
R. Graudin, *Wolf. La ragazza che sfidò il destino*
L. Sales, *Resta con me fino all'ultima canzone*
A.G. Bailey, *Perfect*
E. Laure, *La notte che ho dipinto il cielo*
B. Ashton, *Everneath*
A. Plum, *Until I die*
M. McStay, *La strada che mi porta a te*
L. Rubin, *Deathdate*
A. Talkington, *Liv, forever*
S. Bowen, *Prendimi per mano*
S. Perkins, *Il primo amore sei tu*
J. Niven, *Raccontami di un giorno perfetto*
L. Hillyer, *Per un attimo e per sempre*
C. Philpot, *Nemmeno in paradiso*
P. Zannoner, *A piedi nudi, a cuore aperto*
K. McGarry, *Un'estate contro*
E. Cahill, *Regole d'amore per amici confusi*
R. Serle, *Io, Romeo e Giulietta*
S. Young, *The Program*
K. West, *Reflections*
S. Perkins, *Il primo bacio a Parigi*
A. Plum, *Die for me*
V. Roth, *Four*

J. Murphy, *Amore e altri effetti collaterali*
C. Moracho, *Althea & Oliver*
K. McGarry, *Scommessa d'amore*
H. Fitzpatrick, *Quello che c'è tra noi*
E. Lockhart, *L'estate dei segreti perduti*
K. McGarry, *Oltre i limiti*
V. Roth, *Allegiant*
V. Roth, *Insurgent*
V. Roth, *Divergent*

Questo volume è stato realizzato nel rispetto dell'ambiente,
utilizzando carte che impiegano cellulosa proveniente
da foreste gestite in modo ecosostenibile.

Finito di stampare
nel mese di giugno 2019
presso PuntoWeb S.r.l. – Ariccia (Roma)